Taschenbuch

AF235363

Lejra ist ein sechzehnjähriges Mädchen, das ein Gymnasium in Koblenz besucht. Mit Mathematik kann sie nichts anfangen. Eben so wenig mit Chemie und Physik. Sie träumt sich lieber durch die Welten der Kunst und Literatur. Lejra hat grüne Augen und schwarz gefärbte Haare. Auch ihre Nägel lackiert sie sich schwarz. Als Form des Protestes. Sie und ihre Freundin Katie haben nämlich die Subkultur der Gothics für sich entdeckt und verpassen keinen der dunklen Abende, die an den Wochenenden in den Katakomben von Koblenz statt finden. In der Schule ist Lejra eine Außenseiterin. Außerhalb der Schule streunt sie mit ihren Freundinnen durch Wälder und glaubt an Naturgeister.

Lejra ist verliebt. Es vergehen Monate, bis ihr Angebeteter ihre Liebe erwidert. Sie legt ihr dunkles Kostüm ab und beginnt die Welt in ihrer ganzen Schönheit zu sehen, nun trägt sie bunte Kleider, hört fröhliche Musik und reist mit ihrem Freund durch Europa. Doch die Beziehung hat bald ein Ende. Lejra begibt sich auf die Spuren ihrer Familiengeschichte. Sie reist durch Asien und Russland, um zu verstehen, was ihre Vorfahren erlebt haben. Auf ihren sagenumwobenen Reisen lernt Lejra mongolische Schamanen, indische Gurus und kasachische Bräuche kennen.

Schafft sie es das Mosaik an Kulturen zu entziffern oder verliert sie sich eher im Strom der Geschichte?

Lena Muchin wurde 1986 in Kasachstan geboren und studierte Slawistik in Berlin. Auf ihren Reisen in die ehemaligen Ostblockstaaten lernte sie Menschen kennen, die ihr ihre Geschichten erzählten. Zur Zeit übersetzt sie Prosa aus dem Russischen, die sie auf ihrem Blog jablonja.art.blog veröffentlicht.

Lena Muchin

„Das Ministerium der verlorenen Träume"

Roman

Coverbild: Lena Muchin

Erste Auflage 2021 BOD Taschenbuch
Buchgestaltung: Hermann Sterzbecher
Herstellung und Verlag: BoD – Books on Demand,
Norderstedt
ISBN 9783754303054

Für Konstantin und Mira

Schon im Mutterleib hatte die kleine Lejra die Welt bereist. Noch als Hochschwangere war ihre Mutter, die ursprünglich aus dem Siebenstromland stammt, viel unterwegs gewesen - vor allem, um Vorlesungen und Seminare im Süden Kasachstans zu besuchen. Waren es ihre Geschichten, die Lejra im jungen Erwachsenenalter dazu inspirierten, sich ihrerseits auf den Weg zu machen? Zu ihren Vorfahren nach Kasachstan, zu den Schamanen in der mongolischen Steppe, nach Südrussland, in die ehemalige deutsche Kolonie Michaelsfeld? Bereits vor ihrer Geburt wusste Gott, dass Lejra geboren und später durch die Welt reisen würde.

Kapitel 1

Eines Tages, als sie noch ein kleines Mädchen war, fand sie bei den alten Farmen in ihrem Dorf, einen Kristall. Dieser funkelte und sie verstand, dass sie die Auserwählte war, um die Geschichte ihrer Ahnen herauszufinden.

Lejra ist, bis auf ihr düsteres Äußeres, auf den ersten Blick, ein gewöhnliches Mädchen. Sie lebt mit ihrer Familie, d.h. ihren Eltern und ihrer Schwester in Koblenz, einer gemütlichen Stadt am Zusammenfluss von Rhein und Mosel.
In der Schule ist sie eine Niete, doch sie liebt Gedichte, vor allem die von Achmatova. Überhaupt zieht sie die russische Literatur nahezu magisch an. Jedes Jahr im Sommer besuchen Lejra, ihre Eltern und ihre Schwester, die Großeltern in dem Dorf Kalinovka, im Kaliningrader Gebiet. Das kleine, idyllische Örtchen liegt inmitten einer Wald- und Seenlandschaft. Hier verbrachte Lejra einen Teil ihrer Kindheit. In der Mitte des Dorfes steht eine alte Kirche, die als Kornkammer genutzt wird. Auf den Häusern der Menschen nisten jeden Sommer Störche. Was ist das Besondere an diesem schummrigen Dorf? Manch einer nennt es verwunschen. Man erzählt sich, dass im Wald neben dem Dorf Hexen leben.

Zu dem Haus der Großaltern gehört eine Glasveranda, in der sie Tee trinken und ihren Enkelinnen Gespenstergeschichten erzählen, sowie eine alte Scheune voller Heu für die beiden Kühe. Lejra und ihre Familie kommen in den Sommerferien zu Besuch. Es ist eine Wohltat, bei den Großeltern auf dem Land zu leben. Sie sammeln Johannisbeeren im Vorgarten des Häuschens und begleiten ihre Großeltern zu Kräuterwanderungen. Wenn sie sie besuchen, trägt die Großmutter stets Kleider mit Blumenmuster und ein Kopftuch mit seidenen Fäden, die in der Sonne glitzern.

Wenn die Großmutter sie mit „Detvora" anspricht, schwingt

irgendetwas Melancholisches, Nostalgisches in ihrer Sprachmelodie. Als junge Frau arbeitete sie in der Zuckerfabrik, nun lebt sie in dem kleinen Häuschen, dessen Vorhof voller Blumen ist. Ihr Mann baute ihr eine kleine Bank am Ende des Gartens. Hier träumte sie von fremden Welten, von ihren Reisen zum See Issyk Kul', wo sie auf Kamelen ritt.

Doch jetzt durchscheint etwas Verzweifeltes ihren Blick. Das verschwindet wieder, wenn Lejra und ihre Schwester da sind. Die Großmutter
bringt ihnen das Wissen über die Kräuter bei, die hinter ihrem Haus wachsen. Sie zeigt ihnen ihre Schätze – bunte Broschen, die ihre Kinder ihr einst zum Geburtstag geschenkt hatten. Und das aller Zauberhafteste ist, sie erzählt ihnen von ihrer Kindheit. In diesen Erzählungen erfahren sie von Flucht, Vertreibung und Hungersnöten, sie erzählt vorsichtig, zaghaft, so als ob sie ein lang gehütetes Geheimnis preisgeben würde.

Im Sommer sitzen sie auf der Veranda, die Tür zum Hof steht offen und Tierstimmen dringen hinein durch die Ritzen der weißen Tüllvorhänge mit den Sternmustern. Die Kinder mustern ihre Gesichter im Spiegelkörper der Teekanne, nachdem sich diese durch ein Pfeifen ihrer Hysterie entledigt hatte.

Die Großmutter schweigt und gibt ihnen ein paar Tropfen Tee in die Tassen, auf deren Böden bereits ein paar Teelöffel Blaubeermarmelade. Beim Blick in die Teekanne erklingt ein lautes Lachen, wenn sie ihre Gesichter erkennen, verzogen sind sie, die Linien brechen die Spiegelung der Spiegelkanne.

Es zischt von links vom Herd, an dem die Großmutter steht und Knusperringe in heißem Öl frittiert, vor ihr wächst ein Berg fast bis an die Decke. Sie probieren den ersten Ring, heißes Öl mit Zucker tropft auf die Kleider, auf die Zunge, und sie bewegen das Blaubeerwasser zu ihren Mündern.

Die Spiegelungen im Tee-Kessel verzerren sich in die Höhe, sie nehmen die Hände vor den Mund, die Spiegelbilder nehmen groteske Formen an. Monster mit Eulenaugen und Adlernasen. Zwischen den Spiegelungen und ihnen liegen Bücher, Blätter durchtränkt vom Öl der Knusperringe.

***

Sie sitzen gemeinsam im Garten, Vogelbeeren über ihren Köpfen. Storchnester über den Vogelbeeren. Der blaue Himmel über den Nestern. Dann begeben sie sich auf Wanderschaft, die Großeltern und die Enkelinnen. Sie gehen in Richtung Schlangenbrücke und pflücken Belyj Naliv, die reifen Äpfel sind grün. Sie lassen sich nieder für ein Picknick neben dem Hexenwäldchen. Die Großeltern zeigen ihnen, dass das Leben schön ist. Sie lernen von ihnen, den Blick auf die Nuancen der Landschaft zu legen, genau hinzuhören auf den Bach. Auf das Klopfen des Eimers, wenn dieser in den Brunnen sinkt. Sie haben schöne Stimmen, die nach Vergangenheit klingen. Hier sind sie Zwei von Vielen. Ein Mosaik - Teppich von Kulturen, der sie alle vereint. Jeder spricht eine andere Sprache.

Sie treten wieder den Heimweg an, vorbei an den Häusern von Kalinovka., diese sind Relikte vergangener Zeiten. Viele seiner Bewohner kamen hierher aus einem unnötigen Krieg, traumatisiert und sich selbst überlassen. Vor allem die Frauen waren es, die ein Leben in Würde und Dankbarkeit propagierten. Sie sehnten sich nach ihrer Heimat und behielten die Bräuche bei. Doch das Alkoholproblem der Männer machte ein friedliches Leben nicht möglich. Kaum erwachsen geworden, begannen sie in der Jugend Selbstgebranntes zu
trinken. Das machte ihre Köpfe schwer und ihre Zungen lahm.

Am ersten September verwandelt sich das Dorf in einen festlichen Ort. Es ist der erste Schultag, die Kinder begeben sich festlich gekleidet zur Schule, in der Hand ein Blumenstrauß für die Lehrer.

Als die Enkelinnen noch in Kalinovka lebten, nahmen sie auch an den Festlichkeiten teil. Doch nun lebten sie tausend Kilometer weiter weg, hinter der Grenze. Die Schulkinder bitten Lejras Großmutter um Blumen aus ihrem prächtigen Garten und sie schenkt sie ihnen, damit sie diese weiter an die Lehrer verschenken. Sie hat Sehnsucht nach ihren Enkelinnen, doch der Sommer ist vorbei und diese sind längst weggefahren. Wem soll sie nun ihre Geschichten erzählen?

Während Lejras Großeltern in Kalinovka leben, verbringt Lejra in Koblenz ihre Zeit in der Schule und mit ihren Freundinnen. Seit einem Jahr haben ihre Freundin Katie und sie die Gothic - Szene für sich entdeckt.

Gerade sitzt Lejra an ihren Hausaufgaben und hört dabei Musik, als das Telefon klingelt: ring ring, ring ring.

„Hallo?"

„Hallo Lejra. Wie war dein Schultag? Du glaubst nicht, was ich heute geträumt habe", spricht Katie in den Hörer. Katie, Lejras beste Freundin, mit der sie gelegentlich auch russisch spricht, liebt es von ihren Träumen zu erzählen, die immer sehr bildreich sind. „Heute träumte ich von einem riesigen Aquarium, in dem ein Eisbär schwamm. Was meinst du, was hat das zu bedeuten?", fragt Katie.

Lejra muss nachdenken. Sie bezieht ihr Wissen oft aus Horoskopen, Tarotkarten oder Runen, daneben interessiert sie sich für Freuds Traumdeutung.

„Warte mal, ich schau in meinem Traumdeutungsbuch nach. Ich habe es gleich", murmelt Lejra in den Hörer. Hier steht nichts von einem Eisbären in einem Aquarium", fügt sie schließlich hinzu. Es ist Donnerstag. Übermorgen werden sich die beiden wieder treffen, um auszugehen. „Freust du dich auf Samstag?", fragt Katie. „Ja! Ich muss mich unbedingt ablenken, nächste Woche schreiben wir Mathe. Ich kann keine Zahlen mehr sehen", antwortet Lejra. „Wie sieht es morgen aus? Lust auf den Elfenwald und den Stammbaumstamm?"

„Ja, gerne, ich bringe eine Flasche Wein mit", sagt Katie.

„Cool ich freue mich, bis morgen dann!"

„Bis morgen!"

Am nächsten Morgen geht Lejra wie gewohnt zur Schule. Es ist ein lauer Herbsttag und als sie im Bus sitzt, sieht sie die bunten Blätter der Bäume, durch die die Sonne durchschimmern. Sie hat sich aus der Schulbibliothek Simone de Beauvoirs Memoiren ausgeliehen und liest sie, ohne diese ganz zu verstehen. Dann steigt sie aus dem Bus aus und geht ihren gewohnten Weg zur Schule. Als sie diese erreicht, bleibt noch etwas Zeit, bevor die erste Stunde beginnt. Da sieht sie neben dem Schulgebäude ein Mädchen stehen, sie sieht irgendwie anders aus als ihre Mitschüler, sie trägt eine orange Schlaghose und bunte Blumenohrringe. Bisher war sie Lejra noch nicht aufgefallen. Sie geht auf das Mädchen zu, um ein Gespräch mit ihr zu beginnen.

„Hallo, wie geht es dir? Bist du neu hier?", fragt Lejra selbstsicher.

„Ja, meine Familie ist vor ein paar Wochen nach Koblenz gezogen. Ich kenne hier niemanden", antwortet das Mädchen.

„Wie heißt du?"

„Pauline, und du?"

„Mein Name ist Lejra."

Lejra spürt, dass sich zwischen ihr und Pauline etwas Besonderes entwickelt. Sie hat das Gefühl, sie schon lange zu kennen. Wie gerne würde sie mit der jungen Frau ihre Erzählungen über Kalinovka teilen, ihr von ihren Großeltern berichten, von den Störchen und dem Hexenwald.

Auch Pauline ist verzaubert von Lejra, von ihrer verträumten, flattrigen Art und darüber, dass Lejra sie so spontan angesprochen hat.

Die beiden wissen nicht, dass sich zwischen ihnen eine echte Freundschaft anbahnt.

Erste Stunde - Chemie. Lejras Lehrer erklärt etwas über Indikatoren, über Bromthymolblau und Phenolphatelin. Lejra hört mit einem Ohr zu und malt währenddessen ihren Block voll mit Spiralen und Blumen. Der Lehrer führt vor, wie man mit einem Indikator-Papier nachweisen kann, ob es sich um eine Base oder Säure handelt. Bald wird er das Wissen seiner Schüler überprüfen und Lejra findet das gar nicht berauschend. Der restliche Schultag verläuft für sie, wie immer, eintönig. Auf dem Weg zum Bus trällert sie die Melodien von ihren Lieblingsbands. Sie freut sich, dass endlich Wochenende ist, freut sich auf das Treffen mit Katie, auf den Wald, ihren Lieblingsort.

Sie steigt in den Bus und sieht auf der hintersten Bank Pauline. Sofort gesellt sie sich zu ihr. „Wir haben denselben Weg, wie witzig!", sagt sie zu ihr.

„Ja, wohnst du auch im Mühltal?"

„Ja, direkt am Waldrand mit meinen Eltern, meiner Schwester und meinen zwei Katzen."

„Ich kenne hier noch niemanden, meinst du wir können uns mal treffen?", fragt Pauline zögerlich.

In Lejra explodieren Feuerwerke. Dieses außergewöhnliche Mädchen will sie kennen lernen? Das ist wahrlich eine Freude. Direkt und enthusiastisch antwortet sie: „Ja, klar. Ich treffe mich heute mit einer Freundin im Wald, hier im Mühltal. Wir wollen zusammen was trinken und die Natur preisen. Wir glauben nämlich, dass diese beseelt ist und Elfen und Trolle in ihr leben. Wenn dir das nicht zu abstrus erscheint, kannst du uns gerne Gesellschaft leisten."

„Klingt interessant", sagte Pauline. „Darf ich fragen, warum du schwarz trägst?"

„Ja, das ist Teil meiner Lebensphilosophie. Ich stecke in einer spirituellen Krise. Ich liebe die Nacht und den Mond, ich liebe Magie und Zauberei, düstere Musik und die Natur. Ich bin auf der Suche nach dem Göttlichen in der Natur. Ich bin der Meinung, dass Vernunft oft fehl am Platz ist und gebe der Emotion den Vorrang. Leider kann das nicht jeder verstehen. Aber was erzähle ich da eigentlich? Wie kennen uns ja noch gar nicht!"

Lejra blickt Pauline an, um ihre Reaktion abzuwarten.

„Ich verstehe. Mit düsterer Musik kann ich nichts anfangen. Ich liebe deutschen Hiphop. Schwarze Kleidung besitze ich nicht. Ich mag alles, was bunt ist, weil ich finde, dass diese Welt wundervoll gemacht ist und wir sie feiern müssen. Aber ich finde es interessant, in deine Welt einzutauchen und komme deshalb gerne mit in den Wald. Hier ist meine Telefonnummer!" Pauline gibt Lejra einen Zettel. „Ich muss aussteigen. Bis heute Abend!"

„Bis heute Abend, ich freue mich!"

Zuhause angekommen, schaltet Lejra ihren CD-Player an. Die Katze Musja liegt auf ihrem Bett. Das Zimmer ist erhellt vom Sonnenschein. Sie nimmt das Telefon in die Hand und wählt Katies Nummer. Nach drei Mal Tuten hebt Katie ab.

„Hi Katie, wann treffen wir uns heute und wo?"

„Ich würde sagen gegen 18 Uhr direkt beim Waldspielplatz."

„Ok, ich habe Pauline eingeladen mitzukommen. Du wirst sie mögen. Sie ist neu hier und kennt noch keinen in der Gegend. Und sie findet es interessant, dass wir so sind wie wir sind."

„Gut, ich bin gespannt. Dann bis später!"

„Bis später!" Lejra legt den Hörer ab, zieht ihren blauen, mechanischen Wecker auf und beschließt etwas zu dösen. Sie träumt von fernen Welten, von Meeren und Ozeanen, von weiten Feldern, über denen Habichte fliegen. Sie träumt von ihrer Großmutter, erinnert sich an ihre warme Stimme, an die gemeinsamen Wanderungen. Hier, in der Stadt ist es schön, doch ihr fehlen die Schafherden, das Gackern der Hühner, die Johannisbeeren, die sie so liebt.

Der Wecker reißt sie aus dem Schlaf, es ist halb sechs. Zeit, sich fertig zu machen. Lejra isst schnell ein Brot, zieht sich ihre Lippen schwarz nach und beginnt ihre Tasche zu packen: Eine Glocke, Kerzen und Kekse. Sie streichelt die Katze, geht kurz in das Zimmer ihrer Schwester, um zu sehen, ob es ihr gut geht. Diese sitzt am Tisch und macht Hausaufgaben. Daraufhin verabschiedet Lejra sich von ihr und verlässt das Haus.

Auf dem Weg zum Wald spürt sie wieder dieselbe Melancholie, die sie beim Einschlafen überwältigt hatte. Lejra fühlt sich einsam. Sie fühlt sich anders als andere. Ihre Eltern setzen ihr Grenzen, weil sie sich Sorgen um sie machen. Doch Lejra würde gerne die Welt erforschen, reisen. Die Eltern lieben sie natürlich über alles, doch betrifft Lejras Rebellion gegen die Welt auch die Eltern. „Naja, dann ist es halt so", denkt sie sich und erreicht den Waldspielplatz. Katie ist noch nicht da und Lejra wählt Paulines Nummer, um ihr den Treffpunkt zu nennen: „Hallo Lejra", hört sie Pauline vom anderen Ende der Leitung. „Hallo Pauline, komm zum Waldspielplatz am Rande des Waldes. Der Wald beginnt hinter der Brücke bei der Bushaltestelle Austinstraße." „Alles klar, ich bin in einer viertel Stunde da. Bis gleich!" „Bis gleich."

Während Lejra auf ihre Freundinnen wartet, schaukelt sie zunächst etwas uns setzt sich dann auf die Wiese, um einen Blumenkranz zu flechten. Das hat ihr ihre Großmutter beigebracht. Sie verwendet dazu Kleeblüten und Löwenzahn. Und da sieht sie schon von weitem Katie kommen, wie immer ganz in schwarz, sehr schmal, mit langen schwarzen Locken und einem selbstsicheren Gang. Über der linken Schulter eine Tasche.

Katie geht auf Lejra zu und die beiden fallen sich in die Arme. „Hey, endlich Wochenende! Wo ist deine Freundin?", fragt Katie. „Sie kommt gleich." „Gut, lass uns hier auf sie warten. Stell dir vor, ich habe heute von unterirdischen Städten geträumt, die voller Bücher sind und in denen Zyklopen leben. Ich wandelte durch diese und machte Bekanntschaften mit sprechenden Mäusen, die mir ihre Bücher andrehen wollten. Eine von ihnen gab mir die „Aufrichtigen Erzählungen eines russischen Pilgers." Ich hatte bereits vor dem Traum von dem Buch gehört. Darin geht es um den Hesychasmus, das Herzensgebet. Ein russischer Wanderpilger, der durch Wälder und Städte reist, übt sich in diesem. Ich dachte, das passt vielleicht zu uns, wir, die wie Einsiedler durch die Wälder streunen." „Ich muss das Buch unbedingt lesen", sagt Lejra. „Wie ich verstanden habe, ist das Ganze eine mystische Erfahrung." „Ja, ich denke es ist eine wahre Entdeckung für uns, das Gebet, so las ich, entwickelte sich in einer jahrhundertelangen Meditationspraxis östlicher Christenheit."

Die beiden schauen auf und sehen Pauline von Weitem kommen. Gemütlicher Schritt, die Haare flattern in beide Richtungen, Hörstöpsel in den Ohren. „Das ist Pauline?", fragt Katie. „Sie ist ja das komplette Gegenteil von uns." „Nein, wir sind uns ähnlicher als du glaubst." Pauline, die die beiden Mädchen erreicht hat, lächelt und sagt: „Hallo!" „Hallo," antworten Lejra und Katie im Chor. „Ich bin Katie. Schön, dich kennen zu lernen." „Und mich kennst du ja schon, nun los, lasst uns in den Wald gehen!", sagt Lejra, steht auf und geht den beiden voraus. Sie folgen ihr. „Hier ist das Elfentor," sagt Katie und zeigt auf eine Efeuranke, die von einem Baum herunterhängt und eine Pforte bildet.

„Wenn wir durch diese hindurch gehen, befinden wir uns in der Elfenwelt!" „Aha", sagt Pauline
schüchtern und geht durch das Tor.

„Nun geht es weiter, vorbei am Fingerhut und Fliegenpilzen, beide wurden von schamanischen
Völkern Nordasiens als Rauschmittel verwendet", sagt Lejra.
Obwohl es noch nicht dunkel ist, fliegen Nachtfalter an ihnen vorbei - Eulenfalter, die sich dem
abendlichen Zuckerrausch hingeben, ihre bunten Hinterflügel blitzen auf. Ein Käuzchen ruft. Ein
Eichelhäher, besonders stimm- begabt, gibt Laute von sich. Die drei gehen an Brennnesseln und
Farnen vorbei und erreichen endlich das Ziel: Den Stammbaumstamm, der inmitten einer
Waldlichtung liegt. „Willkommen zu unserem Stammplatz, Pauline!", sagt Katie feierlich. „Wer

möchte Wein?" „Ich", rufen die beiden anderen im Chor.

Katie nimmt Wein und Pappbecher heraus und schenkt allen ein. „Nun warten wir, bis der Mond

aufgeht, und vollführen unser Ritual", sagt Lejra und nippt an ihrem Becher. „Welches Ritual?",

fragt Pauline. „Unseren Göttinnen-Zauber", antwortet Katie. „Ach-so. Habt ihr Lust auf Musik? Ich habe einen Recorder mitgebracht." „Ja gerne", sagt Lejra. „Pauline macht das Gerät an und es strömt Musik heraus, welche die beiden anderen bisher noch nicht gehört haben:

„Wo fing es an und wann, was hat dich irritiert, was hat dich bloß so ruiniert?" „Nicht mein Ding", gibt Katie ehrlich zu und Lejra fügt hinzu: „Ich finde die Musik toll. Wäre cool, wenn du sie mir ausborgen könntest." Und wirklich, Lejra gefällt die Musik, ihre Form von Protest, die so gar nicht an die düstere Melancholie der schwarzen Musik, die Katie und Lejra hören, erinnert.

Während die drei den Klängen des Recorders lauschen, geht über ihnen der Mond auf und die

ersten Sterne sind zu sehen. „Wir können beginnen", sagt Katie. Lejra nimmt die Kerzen und die

Glocke aus ihrer Tasche heraus. Die beiden bilden aus Zweigen und Ästen einen Kreis und stellen

an dessen Rand fünf Kerzen auf. Dann läutet Lejra die Glocke und die beiden beginnen zu

sprechen:

„O Gebärer(in)! Vater - Mutter des Kosmos,

Bündele Dein Licht in uns – mache es nützlich: Erschaffe Dein Reich der Einheit jetzt.

Dein eines Verlangen wirkt dann in unserem – wie in allem Licht, so in allen Formen.

Gewähre uns täglich, was wir an Brot und Einsicht brauchen.

Löse die Stränge der Fehler, die uns binden, wie wir loslassen, was uns bindet an die Schuld

anderer.

Lass oberflächliche Dinge uns nicht irreführen, sondern befreie uns von dem, was uns zurückhält.

Aus Dir kommt der allwirksame Wille, die lebendige Kraft zu handeln, das Lied, das alles

verschönert und sich von Zeitalter zu Zeitalter erneuert. Amen"

Nach dem Gebet läutet Lejra noch einmal die Glocke. Es ist bereits düster geworden und eine

frische Brise weht, die Blätter in den Bäumen rascheln. „Nun bin ich gestärkt für die nächste Zeit.

Das Gebet ist sehr kraftvoll, wenn man es ernst nimmt", sagt Katie. „Morgen ist „Das Imperium der Dunkelheit" - ein Abend in den Katakomben. Magst du mitkommen, Pauline?"

„Ja gerne, wenn ihr mir schwarze Kleidung borgt, komme ich gerne mit!"

„Ok, prima. Dann lass uns jetzt nach Hause gehen."

Lejra sammelt die Kerzen auf, gibt noch jedem einen Keks und die drei treten den Heimweg an

durch die Dunkelheit.

Zuhause angekommen, freut sich Lejra auf den nächsten Tag. Sie setzt sich an ihren Tisch und liest weiter in den Memoiren von Simone de Beauvoir.

Diese schreibt, dass sie das Einsiedlerleben auf dem Lande genießt und die Natur ihr mehr als genug ist. Das Herumwandern in der Natur, das neugierige Schauen, welches sie schon als Kind entwickelt hatte, sollte auch ihr Erwachsenenleben prägen. Auch Lejra träumt von Reisen in andere Welten, am besten in Naturräume, die wenig besiedelt sind, vom Meer und den Bergen. Sie ahnt noch nicht, dass all das ihr noch bevorsteht.

Nachdem sie das Kapitel zu Ende gelesen hat, löscht sie das Licht und schläft bei der Musik

Beethovens „Die Mondscheinsonate" ein.

Der nächste Tag verläuft eintönig. Lejras kleine Schwester und sie spielen „Scrabble", dann wird

die Wohnung geputzt, und Lejra bricht auf zu Katie, nachdem sie sich ein schwarzes Ballkleid angezogen und die Fingernägel schwarz nach lackiert hat. Auf dem Weg holt sie Pauline ab, für die sie ebenfalls schwarze Kleidung eingepackt hat. Die beiden nehmen wieder den Bus. Als sie bei

Katie ankommen, läuft bereits VNV- Nation, Katies Lieblings- band. Pauline verliebt sich sofort in

das Lied „Holding on" und beginnt Spaß zu haben an der düs- teren Musik und Lebensart. Sie zieht

sich den schwarzen Rock und das Oberteil an. Die drei stoßen mit einem Glas Wein an und ziehen

daraufhin los, in die Stadt.

In den Katakomben angekommen, bestellen sie sich zuerst was zu trinken. Dann schauen sie sich

um, ob jemand da ist, den sie kennen. Und Tatsache, Laura ist da und Peter. Es läuft „Subway to

Sally", dazu wird getanzt. Die drei setzen sich nebeneinander auf die Bank, bis der DJ VNV Nations „Holding On" auflegt. Auf der Tanzfläche erscheint ein junger Mann, barfuß, der beson- ders theatralisch tanzt. Er hat die Augen geschlossen und be- wegt sich so, als wäre keiner neben ihm, in sich gekehrt und gleichzeitig sehr extravagant. Als Pauline ihn bemerkt, ist sie ganz hingerissen und kann ihren Blick nicht von ihm abwen- den: „Kennst du ihn?", fragt sie Lejra. „Nein, ich sehe ihn zum ersten Mal."

„Schade, ich würde gerne mehr über ihn erfahren."

„Das lässt sich machen. Lass uns Peter fragen, wer er ist!" schlägt Lejra vor. Sie geht zu Peter und erkundigt sich nach dem jungen Mann. „August Schilling", sagt Peter, „er wohnt in der Südvorstadt, aber wenn du mich fragst, bemüht euch nicht, er ist schon vergeben."

Lejra berichtet Pauline, was Peter ihr mitgeteilt hatte. Diese wirkt nicht enttäuscht, sondern

umso neugieriger.

Ein neues Kapitel beginnt hier: Ab sofort verbindet Lejra und Pauline ein Band,

sie nennen sich nun „die zwei Waldelfen", August wird von ihnen „Harold", nach der Figur im Film „Harold und Maude" genannt. Es beginnt die Zeit philosophischer Briefe an den Unbekannten.

Am nächsten Morgen, Lejra übernachtete bei Pauline, begeben sich die beiden in die Südvorstadt.

Dort angekommen, finden sie zuerst sein Haus. Er muss im Erdgeschoss leben, diese Information haben sie von Peter bekommen. Sie blicken in das untere Fenster und sehen Bilder von Edward Munch und riesige Bücherregale. Auf dem

Klingelschild steht der Name „Schilling" neben anderen Namen. Es muss sich um eine WG

handeln. „Fürs erste genug, lass uns gehen", sagt Pauline. „Okay", antwortet Lejra. Die beiden

gehen beim Bäcker vorbei, der sich um die Ecke befindet: „Lebt hier in der Nachbarschaft ein

junger Mann, der barfuß unterwegs ist?", fragt Pauline die Verkäuferin. „Ja klar, den kennen wir. Er kauft hier immer Nussecken." „Danke!", antworten die Mädchen und sind froh über eine

Information mehr, die sie bekommen haben. Ausgestattet mit Stift und Papier begeben sie sich in

den Wald, um dort ihren ersten philosophischen Brief an Harold zu verfassen:

„Guten Tag Unbekannter, wir wollen Dich Harold nennen!

Wir, die Zwei Waldelfen, möchten in Briefkontakt mit dir treten.

Deine Ausstrahlung hat uns sehr imponiert und nun wollen wir dich kennen lernen.

Wie ist deine Sicht auf die Welt, wollen wir wissen. Romantisch? Nihilistisch? Existentiell? Welche

Denker beeinflussten dich? Siehst du das Beste im Leben als einen Rausch, wie Byron schreibt?

Ist die Natur für dich das Objekt nüchterner Analyse oder ist sie für dich beseelt von spiritueller

Bedeutung? Ist für dich, wie für Rousseau, die Religion Bestandteil des menschlichen Seins? Oder denkst du wie Kant – dass der Mensch nicht über einen Zugang zum Transzendenten verfügt?

Streifst du auch gerne durch die Wälder wie die Eremiten oder bist du ein Stadtmensch und

flanierst lieber? Was sind deine Lieblingsbücher? Deine Lieblingsband?

Wir, die Zwei Waldelfen, sehen den Geist in der Natur. Sie ist vom Menschen und von Gott nicht zu trennen, wie Goethe schreibt. Er sieht in der Natur die Überwindung des Kantischen Dualismus.

Wir laden dich ein, uns kennen zu lernen und freuen uns auf Antwort von dir. Lege deinen Brief an uns in deinen Briefkasten, befestige eine Schnur daran und am Ende der Schnur einen

Tannenzapfen. So können wir den Brief herausziehen.

Nun verabschieden wir uns aber von dir und wünschen dir einen bunten Herbst.

Die zwei Waldelfen."

Die beiden lesen den Brief noch einmal durch und sind zufrieden damit. Morgen nach der Schule

werden sie ihn bei Harold in den Briefkasten werfen. Sie singen gemeinsam ein Lied von

Tocotronic, eine Band, die bei Pauline zuhause lief und die Lejra sofort ins Herz schloss: „Pure

Vernunft darf niemals siegen." Eine Aussage, die Lejra bestätigen kann. Dann machen sie sich auf den Weg zu Pauline, die Lejra Nachhilfe in Mathe geben möchte, denn die Klassenarbeit steht bevor und Lejra versteht nur Bahnhof. Tatsächlich schafft es Pauline ihr das notwendige Wissen über Matrizen beizubringen. Lejra ist glücklich, zum ersten Mal erscheint ihr alles schlüssig. Die Zahlen und Klammern ergeben Sinn. Im Zimmer um die Ecke sitzt Paulines Bruder mit seinen Freunden und raucht einen Joint. „Was?", fragt Lejra. „Ja, das macht er öfter", sagt Pauline. „Uns soll es nicht betreffen." Es wird langsam Abend und Lejra macht sich auf den Heimweg. Sie weiß noch nicht, dass der morgige Tag ihr ganzes Leben verändern wird.

Sie umarmt Pauline zur Verabschiedung und geht lächelnd, ein Lied summend, nach Hause.

Sie ist stolz darauf, endlich Mathe verstanden zu haben und besonders stolz auf den Brief, den sie

mit ihrer neuen Freundin verfasst hat.

Zuhause angekommen, trifft sie ihre kleine Schwester Lucia, die gerade „Das letzte Einhorn" schaut und die beiden Katzen streichelt: „Wo warst du so lange?", will sie wissen. „Nachhilfe in Mathe bei einer Freundin. Alles gut."

Lejra verkriecht sich in ihr Zimmer und schläft schnell bei der Musik von „Die Sterne" ein, eine CD, die Pauline ihr mitgegeben hat.

Am nächsten Morgen steht sie früh auf und überprüft nochmal ihr Wissen über die Formeln. Sie

weiß noch alles und fühlt sich gewappnet für die Klassenarbeit.

***

Nach der Arbeit flaniert Lejra über den Schulhof. Da sieht sie ihn. Einen Mann mit langen Haaren, grün-blauen Augen. Er trägt einen Bernsteinanhänger. Als sie ihn erblickt, beginnt sich alles um sie herum zu drehen. Bernstein, das ist ihre Verbindung zur Großmutter, zu ihrer Kindheit im Bernsteinland, wie sie die Umgebung des Dorfes, in dem ihre Großeltern leben, nennt.

Bernstein ist Baumharz, das im Laufe von Jahrtausenden allmählich mineralisiert ist, er ist vor allem im Ostseeraum verbreitet. Auch sie trägt einen Bernstein in Tropfenform, den ihr ihre Tante in Russland geschenkt hat. Sie hat eine besondere Verbindung zu diesem Stein. Er verkörpert nicht nur ihre Kindheit, sondern auch die Sehnsucht, die Nostalgie, die sie ihr gegenüber verspürt.

Sie spricht ihn an und ahnt in dem Moment noch nicht, dass er ihre große Liebe sein wird. Er heißt Alex. Mit ihm wird sie auf Reisen gehen. Er erzählt ihr, dass er in Irland einen Kristall, mitten in der Natur gefunden hat. Lejra fragt daraufhin, ob dieser von den Elfen kam. Er freut sich, dass sie auch dem Pantheismus frönt. Später wird sie verstehen, dass es keine Elfen gibt. Die Menschen sind durch einen Gott miteinander verbunden, egal wo sie leben.

„Magst du mich heute Abend zum Merkurtempel begleiten?", fragt Alex.

„Ich weiß zwar nicht was es ist, aber gerne."

„Eine gallo-germanische Tempelanlage im Wald, dem römischen Gott Merkur geweiht, sowie der Göttin Rosmerta. In der Nähe war eine römische Siedlung."

„Klingt spannend, ich bin dabei. Hier ist meine Nummer", Lejra kritzelt schnell ihre Handynummer auf einen Zettel und reicht diese Alex. „Okay, dann bis heute Abend", sagt Alex. „Bis heute Abend!", erwidert Lejra.

Alles was für Lejra düster war, taucht nun in ein leuchtendes Licht. Das Schulgebäude wird plötzlich zum Schloss. Sie nimmt begeistert die Stimmen der anderen Mitschüler auf, betritt das Schulgebäude und geht wieder in den Klassenraum, schaut mit Wonnegefühl in ihre Bücher, nächste Stunde ist Kunst. Es geht um romanische und gotische Kirchenarchitektur. Morgen würden sie eine Arbeit darüber schreiben. Lejra ist jedoch gar nicht danach. Sie schreibt zwar die Stichpunkte mit, die der Lehrer für die Klassenarbeit aufzählt, doch ist sie in Gedanken bei Alex und dem Merkurtempel.

Nach Unterrichtsschluss setzt sich Lejra in die Bibliothek und lernt für die Kunstarbeit. Sie liest über die Gotik, die im 19. Jahrhundert vollendet wurde. Der Architekt Schinkel setzt dabei die Gotik mit Christentum gleich und die Antike mit dem Heidentum. Seine Architektur soll bestimmte Gefühle und Stimmungen hervorrufen. In Schinkels entworfenem Raum tauchen auch pflanzliche Einzelformen auf. Das prägt sie sich ein. Des Weiteren liest sie über die Architektur der dreischiffigen Basilika, eine Form Romanischer Kirchenarchitektur, deren kleine Fensteröffnungen das Mauerwerk dominieren lassen. Eine solche ist beispielsweise die romanische Basilika der Benediktinerabteikirche in Maria Laach. Eigentlich war die Basilika in der römischen Antike eine Markthalle. In der Spätantike der Kirchentyp, welcher im Abendland bis in den Barock vorherrschte.

Lejra hat genug gelesen und fühlt sich gewappnet für die Arbeit. Es ist 15 Uhr, in drei Stunden würde sie Alex treffen. Sagte er nicht etwas von einem römischen Tempel? Sie geht heute zu Fuß nachhause. Dort angekommen, hört sie Musik, färbt sich ihre Haare, diesmal in Henna-Rot und wartet auf den Anruf von Alex. Dieser meldet sich um 17 Uhr. „Hi Lejra, wir treffen uns beim Stadtwald, an der Brücke. Bring warme Kleidung mit. Es könnte kalt werden!"

„Alles klar", sagt Lejra in einem fröhlichen Ton.

Sie nimmt den Bus zum Stadtwald. Dort angekommen, wartet Alex bereits auf sie. Sie laufen den Waldpfad entlang und schweigen zunächst. Lejra fühlt sich verzaubert von Alex' Wesen. Hier und da ruft ein Käuzchen, dann sehen sie einen Feuersalamander. Am Rand des Weges wachsen Farne und Brennnesseln. Die Bäume tragen noch ihr Herbstkleid. In einem Ahornbaum sehen sie Misteln wachsen. Alex erzählt: „Die Mistel ist eine Zauberpflanze, die im keltischen und germanischen Raum eine Rolle spielt." „Du interessierst dich auch für Heilpflanzen und Kräuter?", fragt Lejra begeistert.

„Ja, das gehört zu meinen Leidenschaften."

„Meine Großmutter hat mir viel über Heilpflanzen beigebracht. Ich würde mich freuen, wenn wir mal zusammen eine Kräuterwanderung machen."

„Ja, gerne, allerdings ist gerade eher die Zeit der Pilze." Alex bleibt kurz stehen und zeigt auf eine Lichtung im Wald, wo man den Grundriss einer Tempelanlage sieht.

„Wir sind da!", sagt er. „Rosmerta, die Göttin, der der Tempel gewidmet ist, wurde unter anderem in römischer Zeit, meistens in Begleitung von Merkur verehrt."

„Rom, ich habe in Geschichte nicht aufgepasst...ich kenne nur ein paar Gottheiten."

„Dieser Wald wurde im Laufe des ersten Jahrhunderts nach

Christi von römischen Fernstraßen erschlossen. Mitte des fünften Jahrhunderts wurde auch der Merkurtempel erneuert. Wir leben mitten im Gebiet des früheren Rom. Die Römer eroberten den gesamten Mittelmeerraum und große Teile Europas. Dabei verschmolz die griechische Mythologie mit der römischen."

„Sind wir also Nachkommen der Römer?"

„Das kann man so nicht sagen, später fielen germanische Stämme in Rom ein und brachten germanische Elemente in die Religion mit. Ihre Sprache gehört zur Westgruppe der indogermanischen Sprachen. Ihre Schrift waren die Runen. Aber erzähl doch lieber was von dir. Du sagtest, deine Großeltern leben in einem russischen Dorf? Wie ist es dort?", fragt Alex.

„Es ist ein verwunschenes Dörfchen, an dessen Rand eine Hexe lebt, so nennt die Dorfbevölkerung eine alte Frau. Ihr Haus liegt versteckt hinter Himbeersträuchern. Im Garten hängen Emaille Töpfe auf dem Zaun, Schwalben haben sich ein Nest unter dem Dach gebaut.

Anastasija ist alt. Sie lebt alleine in ihrem Häuschen und pflegt zu den Bewohnern des Dorfes kaum Kontakt, denn sie ist misstrauisch. Im Dorf erzählt man sich, sie sei eine Hexe und Zauberin. Geht sie an den Häusern des Dorfes vorbei, warnen die Eltern ihre Kinder, sie nicht anzuschauen, denn sonst können sie sich vom bösen Blick verzaubern lassen. Anastasija hat einen Sohn, der lebt mit seiner Familie in der Ukraine. Und somit ist Anastasija ganz allein auf sich gestellt. Nachts, so munkelt man im Dorf, klaut sie der Dorfbevölkerung Milchkannen, Fahrräder und Obst. Doch das stimmt nicht. Sie hatte nie etwas gestohlen und sieht sich auch nicht als Hexe. Niemand kommt bei ihr vorbei, um ihren Geschichten zu lauschen. Geschichten von Flucht und Verbannung."

„Erzähl weiter Lejra, das interessiert mich sehr", bittet Alex sie.

„Anastasija hat keine besonderen Hobbys oder Leidenschaften, doch im Sommer, wenn die Himbeeren und Johannisbeeren im Garten sprießen, schnappt sie sich einen kleinen Hocker, um sich hinzusetzen und diese zu pflücken. Dabei trällert sie ukrainische Lieder. Ihr kleines, sommerliches Ritual. Wenn die Eimer voll sind, kocht sie die Beeren mit Zucker und stellt die Gläser in ihren kleinen Keller. Weil sich die Menschen von ihr abgewandt haben, hat sie es gelernt, mit den Tieren des Dorfes zu sprechen. Mal verläuft sich ein Schaf in ihrem Garten, mal klappern die Störche über ihrem Dach, auf die sie das halbe Jahr wartet. Anastasija hat vier Katzen. Nachts schleicht sie manchmal durch das Dorf und stellt ihre selbstgemachte Marmelade vor die Haustüren der Dorfbewohner. Alle freuen sich darüber, ohne zu wissen, woher die Marmelade kommt. Sie ist also in Wirklichkeit eine liebenswürdige, alte Dame."

„Eine schöne Erzählung, doch traurig zu hören, dass Anastasija alleine lebt."

„Ja, weil ich sie so sehr mag, habe ich ihr ein Gedicht gewidmet. Es steht in meinem Notizblock, den ich immer bei mir trage."

„Lies vor!", sagt Alex gespannt.

Lejra nimmt ihren Notizblock heraus und beginnt zu lesen:

„Anastasija Timofeevna

In der Hütte von Anastasija Timofeevna
stapeln sich Emailleschüsseln, Spinnen häkeln ein Netz
Erinnerungen verrinnen im Spinnenstaub

Mondlicht dringt in die Hütte
ein Uhu schreit
Efeu, Himbeersträucher ein

Tautropfen nach dem anderen legt sich
verwandelt die Umgebung in einen schamanischen Garten

Anastasija Timofeevna träumt vom
-türkisen Wald, in dem das Wild
wild ergeben über wild-plätschernde Flüsse springt

Ein Kauz ein Bär ein Kranich
der Wald atmet
Anastasija Timofeevnas Traum

Kapitel 2

Am nächsten Tag setzt sich Lejra an ihren Rechner. Sie möchte etwas über das Dorf recherchieren, in dem ihre Großeltern leben. In einem Forum macht sie Bekanntschaft mit Herbert, einem Rentner, der seine Kindheitsjahre in Kalinovka verbracht hat. Die beiden verstehen sich auf Anhieb. Herbert lebt in Köln – eine Stunde Zugfahrt von Koblenz entfernt. Die beiden verabreden sich für ein gemeinsames Treffen am nächsten Tag im Café Pfefferminzje in Koblenz. Das Café wurde nach einer Frau benannt, die im 20. Jahrhundert Pfefferminzbonbons verkaufte.

Lejra erscheint pünktlich und nimmt Platz an einem Tisch am Fenster. Sie erkennt Herbert sofort, als dieser das Café betritt. Er trägt Anzug und Hut und sieht sehr elegant aus.

„Guten Tag, Herbert!"

„Hallo Lejra, ich freue mich so über ein Treffen mit dir!"

Herbert setzt sich an den Tisch zu Lejra. Er bestellt einen Minztee und Lejra eine Limonade.

„Nun erzähl, Lejra, wie das Dorf heute aussieht, wer darin lebt und was dich damit verbindet. Was ist noch aus der alten Zeit geblieben?", fragt Herbert neugierig.

„Ich weiß gar nicht, wo ich anfangen soll. Wenn Sie nichts dagegen haben, erzähle ich etwas aus meiner Kindheit und der Zeit, als ich noch in Kalinovka zur Schule ging."

„Ja, gerne. Ich möchte mehr über dich und deine Zeit in Kalinovka erfahren."

„Natürlich erinnere ich mich nicht an alles", antwortet Lejra, „doch ich weiß, dass die Menschen, die dort nach dem Krieg angesiedelt wurden, aus verschiedenen Ecken der ehemaligen Sowjetunion kamen. Man betreibt Landwirtschaft und hält Tiere. Im Sommer badet man in dem kleinen Fluss, der durch das Dorf fließt. Doch um ehrlich zu sein, lebte ich nicht lange in Kalinovka. Meine Großeltern leben dort und ich besuche sie manchmal."

„Warum leben deine Großeltern noch dort?", möchte Herbert wissen.

„Sie lieben die Landschaft der Rominter Heide, die Seen und Wälder. Übrigens, ich habe einige Fotografien mitgebracht. Möchten Sie sie sehen?"

„Gerne!", antwortet Herbert.

Lejra holt aus ihrer Tasche ein Album heraus, und macht die erste Seite auf. Sie zeigt auf ein Haus aus rotem Backstein: „In diesem Haus haben meine Familie und ich gelebt. Es ist ein Überbleibsel aus der damaligen Zeit."

„Ich erinnere mich an dieses Haus", sagt Herbert. „Hier lebte früher der Schmied des Dorfes, gemeinsam mit seiner Frau und den zwei Kindern. Ich habe ebenfalls ein Bild aus der Kriegszeit mitgebracht. Herbert zeigt Lejra ein Bild und sie erkennt das Haus, welches gegenüber dem Haus ihrer Großeltern steht. „In diesem Haus lebte ich mit meinen Großeltern gemeinsam, bevor wir aus dem Land vertrieben wurden."

„Stellen Sie sich vor, Herbert, das Haus steht immer noch da und wird von einer Familie bewohnt. Daneben befindet sich ein Brunnen für die Dorfbevölkerung."

„Ja, der Brunnen stammt noch aus unserer Zeit. Wie schön, dass es das Haus noch gibt", sagt Herbert.

„Nun möchte ich aber wissen, wie es für dich als Kind war, damals in Kalinovka aufzuwachsen."

„Gut Lejra, ich erzähle dir nun meine Geschichte, ich hoffe du hast genug Zeit mitgebracht!?"

„Na klar!", sagt Lejra begeistert und Herbert beginnt zu erzählen:

„Ich lebte gemeinsam mit meinen Großeltern in dem großen Haus neben dem Brunnen. Meine Oma war Hebamme, mein Opa Förster."

„Und wo waren deine Eltern?", fragt Lejra neugierig.

„Beide im Kriegsdienst, mein Vater an der Front, meine Mutter in Berlin. Das Dorf hieß damals übrigens Birkenhain, aber das weißt du sicher schon. Ich spielte oft mit den Kindern des Dorfes im Wald, im Winter fuhren wir auf dem zugefrorenen Fluss Schlittschuhe. Meine Oma war, wie gesagt, Hebamme. Sie liebte ihre Arbeit und half vielen Frauen in Birkenhain und Umgebung, ihre Kinder zur Welt zu bringen. Sie machte die besten Bratkartoffeln mit Hering und melkte unsere beiden Kühe abends, wenn sie mit den anderen Kühen des Dorfes von der Weide nach Hause kamen."

„Das ist auch noch jetzt so, in Kalinovka. Fast jeder hat seine eigenen Kühe.

Gingst du auch in Birkenhain zu Schule?"

„Ja, das ist auch noch etwas, was ich dich fragen wollte – ob unsere alte Schule noch steht."

„Nein, das Gebäude gibt es leider nicht mehr", antwortet Lejra.

„Schade. Ja, ich ging dort zur Schule. Der Lehrer Lötz wollte von uns immer wissen, wie das Dorf früher hieß, bevor es in Birkenhain umbenannt wurde. Natürlich kannten wir die Antwort. Mehlkehmen – so hieß das Dorf in der alten Zeit. Das hat wohl was mit den Blaubeeren zu tun, die in seiner Umgebung wachsen. Unsere evangelische Kirche wurde im 18. Jahrhundert errichtet. Was befindet sich heute in dem Gebäude?"

„Es steht noch da. Früher, in der Sowjetzeit, wurde sie als Kornkammer genutzt, nun steht das Gebäude leer und befindet sich kurz vor dem Zerfall. Hier sitzen oft die Jugendlichen des Dorfes bei einem Lagerfeuer."

„Schade, dass die Kirche nicht mehr genutzt wird."

„Ja, das ist wirklich schade. Ich habe dir ein Gedicht mitgebracht – von Johanna Ambrosius. Ich dachte es gefällt dir vielleicht", sagt Lejra etwas melancholisch. Sie fühlt sich schuldig für das Schicksal des Dorfes.

„Lass mal hören", sagt Herbert interessiert und Lejra liest vor:

„Sie sagen all: Du bist nicht schön,
Mein trautes Heimatland,
Du trägst nicht stolze Bergeshöhn,
Nicht rebengrün Gewand,
In deinen Lüften rauscht kein Aar,
Es grüßt kein Palmenbaum:
Doch glänzt der Vorzeit Träne klar
An deiner Küste Saum."

„Das ist ein schönes Gedicht, danke dir Lejra!"
„Gerne, freut mich, dass es Ihnen gefällt. Nun erzählen Sie weiter, es ist so interessant zu erfahren, wie es damals war in Birkenhain."
„Nach der Schule machte ich oft Spaziergänge mit meinem Freund Daniel, in den Wald. Dort gab es uralte Bäume, Lichtungen voller Blaubeeren. Über unseren Köpfen nisteten Störche. Die Natur der Gegend ist so vielfältig. Elche lebten darin und Bären."
„Ja", stimmt Lejra zu.
„Eines Tages trafen wir eine alte Frau, die sich wunderte, was wir Kinder allein im Wald machten. Sie erzählte uns eine Geschichte über eine alte Eiche: Die Eiche war dick und hoch, innen war sie hohl, sodass man mit einem Pferd hineintreten konnte. Unter dieser Eiche wurden viele Götter verehrt. Man erschreckte sie mit Schlangen, denen man Milch vorsetzte. Der Baum soll sehr alt gewesen sein."
Dann verabschiedete sich die Alte, um Pilze sammeln zu gehen. Doch ich lernte nicht nur die Natur der Umgebung kennen, sondern auch die Hauptstadt der Region: Königsberg."
„Ja, das heutige Kaliningrad", fügt Lejra hinzu.
„Mein Großvater und ich fuhren oft dorthin, um Angelruten zu kaufen. Auf dem Weg in die Hauptstadt las ich in meinem Schulbuch ein Gedicht von Eichendorf. Ich habe es heute noch im Kopf:

Mondnacht
Es war, als hätt der Himmel
Die Erde still geküßt,
Das sie im Blütenschimmer
Von ihm nur träumen müßt.

Die Luft ging durch die Felder,
Die Ähren wogen sacht,
Es rauscheln leis die Wälder,
So sternklar war die Nacht.

Und meine Seele spannte
Weit ihre Flügel aus,
Flog durch die Stillen Lande,
Als flöge sie nach Haus.

„Ein schönes Gedicht. Eichendorff ist mir bekannt. Wir lasen im Deutschunterricht seinen Roman Aus dem Leben eines Taugenichts. Aber erzähl weiter!" sagt Lejra aufgeregt.
„Immer wenn wir an der Landschaft der Rominter Heide vorbeifuhren, bestaunte ich die Wälder und Seen dieser Region. Besonders freute ich mich, wenn sich uns ein Hase und ein Reh zeigten. Um mir die Zeit zu vertreiben, stellte ich meinem Opa Fragen. Ich erkundigte mich nach unseren Vorfahren und Großvater erzählte mir, dass das Land Preußen ursprünglich von den baltischen Prußen bewohnt war. Im 13. Jahrhundert wurde es vom deutschen Orden erobert. Sie nannten das Territorium Preußen. 1525 wurde es dann als Herzogtum Preußen protestantisch. Nach der Reichsgründung 1871 wurde das Land in ein nördliches und östliches Territorium geteilt. Ich als kleiner Bursche wollte natürlich wissen, was Territorium bedeutet. Mein Großvater antwortete mir, dass dies ein Gebiet sei, über das ein Staat herrscht. In Königsberg angekommen, übernachteten wir bei Großvaters Schwester Isolde. Sie war Deutsch – und Philosophie-Lehrerin und beantwortete viele meiner Fragen. Sie hatte einen klaren und forschen Blick und

dichte Augenbrauen. Isolde zeigte uns auch die Sehenswürdigkeiten der Stadt, das Denkmal Schillers, das Königstor und
die Statue des Philosophen Immanuel Kant."

„Kant kenne ich. Wir haben im Ethikunterricht über ihn ge-
sprochen. Er war der Vater der Aufklärung und prägte den Ka-
tegorischen Imperativ", sagt Lejra.

„Gut aufgepasst!", antwortet Herbert und erzählt weiter:

„Kant gibt der Vernunft den Vorrang. Er sagt, Raum und Zeit
seien a priori, damit bezeichnet Kant die Begriffe, die allein
dem Verstande entstammen. Wir schauten uns noch weitere
Sehenswürdigkeiten an und erkannten, dass diese Stadt geprägt ist vom Geiste der Aufklärung und der Romantik. Isolde
lebte direkt am Hafen. In ihrer Wohnung befand sich eine Bibliothek und ein Klavier. An der Wand hing ein Bild Beethovens.
In einer Vase auf dem Tisch standen Lilien."

„Das klingt alles so interessant, Herbert. Wenn ich an das heutige Kaliningrad denke, erinnere ich mich ebenfalls an die Universität, die heute Kants Namen trägt und an das Bernsteinmuseum. Erzählen Sie weiter!"

„Während wir bei Isolde übernachteten, schaute ich mir ihre
Bücher an. Besonders prägte mich das Werk von Thomas von
Aquin, der im 13. Jahrhundert lebte.

Ich las, dass es die griechischen Philosophen und das christ-
liche Weltbild zu einem Ganzen zusammengefügt hat. Natur
und Geist sind bei Aquin auf engstem Wege miteinander ver-
knüpft. Alles hat sein Sein von Gott und der Urstoff wurde von
Gott geschaffen. Dieser Urstoff ist ewig."

„Klingt spannend. Ich werde mir demnächst sein Werk in unserer Schulbibliothek ausborgen. Was ich Sie noch fragen wollte
Herbert, haben Sie auch Bernstein gesammelt?"

„Selbstverständlich. Die Ostsee ist eine wahre Goldgrube für
Bernstein, Lejra. Man nennt ihn auch „Die Tränen der Bäume:"
Diese Bäume vergossen Tränen und sie wurden fortgerissen
von den Meeresfluten, um Tausende Jahre später an den
Strand geschwemmt zu werden. Manchmal versteckt sich in
ihnen die Tier- und Pflanzenwelt der Vergangenheit. In Kö-

31

nigsberg kaufte mein Großvater meiner Großmutter einen Bernstein in Form eines Kleeblattes und ich suchte mir eine Katze aus Bernstein aus. Ich sammelte als kleiner Bursche Tierfiguren. Die Katze bekam einen guten Platz in meiner Sammlung."

„Wie schön, ich habe auch viele Amulette aus Bernstein zuhause. Am liebsten ist mir dieser Anhänger", Lejra zeigt auf einen Anhänger in Tropfenform.

„Aber was ich noch wissen wollte, Herbert, hattet Ihr Gottesdienst in der Kirche von Birkenhain?"

„Ja, ich erinnere mich gerne daran. Besonders klar ist die Erinnerung an einen Gottesdienst, bei dem der Pfarrer Gustav eine Predigt über Zachäus hielt. Dieser kletterte auf einen Maulbeerbaum als er Besuch von Jesus bekam. Es wurde gesungen und gebetet. Wir gingen jeden Sonntag zur Kirche. Zu Weihnachten kam meine Mutter aus Berlin zu Besuch. Im Wohnzimmer stand ein Weihnachtsbaum, Plätzchen lagen auf dem Tisch und aus dem Plattenspieler liefen Weihnachtslieder. Alles war im Bewusstsein von der Geburt Jesu. Tagsüber spielte ich mit meinen Freunden Schneeballschlacht und fuhr Schlitten. Zu Heiligabend saßen wir gemeinsam am Tisch und erinnerten uns an die Zeit vor dem Krieg, als meine Familie noch zusammen war. Großvater erzählte uns eine Geschichte über den Katzensteig. Willst du sie hören?"

„Gerne", sagt Lejra enthusiastisch.

„In Königsberg führt ein schmaler Steig, der den Namen Katzensteig trägt. Vor allem im Winter ist es schwierig diesen zu passieren, man benötigt die Kunst einer Katze, um das zu schaffen. Neben dem Katzensteig lebt eine alte Frau, welche auch die Hexerei betreibt. Sie verwandelt sich des nachts in eine Katze und gondelt in einem Kessel auf dem Wasser umher. Der Brauknecht beobachtet sie bei ihrem Treiben und erzählt es allen im Dorf. Daraufhin will sich die alte Frau an ihm rächen. Doch der Knecht überlistet sie und fängt sie ein."

„Danke für die Geschichte Herbert", sagt Lejra. Die beiden schweigen. Lejra gießt sich noch etwas Limonade ein, schaut aus dem Fenster. Dahinter fallen Schneeflocken vom Himmel. Da stellt Lejra eine Frage: „Herbert, wie verbrachten Sie den restlichen Winter?"

„Ich ging mit Daniel zum Fluss, um Schlittschuhe zu fahren. Dieser war nämlich so zugefroren, dass man gut darauf laufen konnte. Wir amüsierten uns prächtig. Die Landschaft um uns herum erinnerte an ein Märchen. Die Bäume waren von Raureif bedeckt, Schneeflocken flogen durch die Luft. Irgendwo krähte ein Hahn. Und so verlief der ganze Winter, mit Spielen auf dem Eis. Ich ging auch weiter zur Schule. Im Biologieunterricht lernten wir über die Pflanzenwelt des Dorfes und die Vögel der Gegend. Doch eines Tages, als ich nach der Schule nach Hause kam, traf ich auf eine verwirrte Großmutter und einen traurigen Großvater. Sie erzählten, dass die russische Armee vor Königsberg stehe, in den nächsten Tagen würde sie auch das Dorf erreichen. Wir erhielten die Nachricht, unsere Sachen zu packen und das Land zu verlassen, um in den Westen zu fliehen."

„Das ist schrecklich", sagt Lejra traurig.

„Ja, mein Großvater schlachtete eines unserer Schafe. Und wir gingen zu Fuß, mit Rindern und Pferden in Richtung Westdeutschland. Hier hört unsere Familiengeschichte in Ostpreußen auf."

„Alles weitere ist mir bekannt. Das nördliche Ostpreußen und damit auch das Dorf Birkenhain fielen an die Russische Sowjetrepublik und wurden zum Gebiet Kaliningrad. Das Dorf Birkenhain wurde in Kalinovka umbenannt. Das ganze Land, sowie Kalinovka, wurde von Russen, Weißrussen und Ukrainern besiedelt, die Hauptstadt Königsberg zu Ehren des Politikers Michael Kalinin in Kaliningrad umbenannt."

„Was kam danach?", fragt Herbert interessiert

„Als die neuen Siedler, die sogenannten Pereselency, Birkenhain erreichten, fanden sie ein Dorf vor, in dem die Zeit stehen geblieben war. Jede Familie bekam ein Haus zugewiesen. In den Häusern standen noch die Möbel der ehemaligen Bewohner, sogar die Vorhänge hingen noch an den Fenstern."

„Ja, die Bevölkerung zog in unsere Häuser, auch wenn sie nichts dafür konnten."

„Es war eine Zeit der Wirren. Die Bauern hatten die Anweisung, ihr Land und Vieh an Farmen abzugeben. Das Land wurde, wie andere Teile der Sowjetunion, kollektiviert. Stalin nutzte auch hier die Macht, um das Imperium zu stärken.

Die Kirche, in der Mitte des Dorfes, wurde zu einer Kornkammer. Der Bahnhof wurde geschlossen, es fuhren keine Züge mehr. Jedoch die alte Schule stand noch da und wurde zum gleichen Zwecke genutzt wie vor dem Krieg. Anstatt Goethe, las man nun Gorki und Ostrovski. Im Geschichtsunterricht pries man die großen Taten Stalins. Man sang Lieder für ihn im Musikunterricht. Meine Eltern, meine Schwester und ich sind ebenfalls, Jahrzehnte später, aus Kasachstan nach Kalinovka umgesiedelt."

„Darf ich fragen, warum?", wendet sich Herbert an Lejra.

„Ja, wir wollten in der Nähe meiner Familie sein, die in Deutschland lebte. Viele Russlanddeutsche, die in der Stalin-Zeit nach Zentralasien verbannt wurden, siedelten sich hier an."

„Wie kann man sich die Gegend heute vorstellen?"

„Orthodoxe Kirchen mit bunten Kuppeln. Storchnester und Schafherden. Kleine Gehöfte und schummrige Dörfchen. Wenn Sie möchten, werde ich bei unserem nächsten Aufenthalt, Bilder von Ihrem Haus machen."

„Das wäre wunderbar Lejra. Aber nun ist für mich die Zeit gekommen, um nach Hause zu fahren. Meine Frau wartet bereits auf mich. Ich danke dir herzlich für deine Geschichten."

„Ich habe auch zu danken Herbert. Danke für das Treffen."

Die beiden bezahlen ihre Getränke, stehen auf und verlassen das Café. Sie umarmen sich zum Abschied, Herbert geht in Richtung Bahnhof und Ljera nimmt den Bus nach Hause. Das Treffen hat sie noch wachsamer gemacht für die gemeinsame Geschichte. Sie wird weiter forschen.

Kapitel 3

Der Herbst wird für Lejra zu einer magischen Zeit. Nicht nur das goldene Laub der Bäume stimmt sie fröhlich, nein, auch die Tatsache, dass sie und Alex nun ein Paar sind. Lejra ist sich sicher, dass er ihre große Liebe ist. Mit ihm plant sie Reisen in ferne Welten. Sie durchstreift mit ihm die Wälder der Gegend, träumt von einer glanzvollen Zukunft.

Ohne ihn fühlte sie sich einsam. Sie verlief sich oft in ihrer eigenen Welt. Nichts machte sie glücklich. Bis sie ihn traf. Sie erkannte ihn am Bernstein. Sie übernachten unter dem Sternenhimmel, umgeben von Wermut und Farnen. Mit ihm gemeinsam hat sie das Gefühl, in einer leuchtenden und bunten Welt zu leben. Die Fliegenpilze erzählen ihnen Geschichten, wenn sie im Wald spazieren gehen. Bei einem dieser Spaziergänge zeigt er ihr einen gefleckten Salamander, der ihr ohne ihn nie aufgefallen wäre. Sie lernt es, Vögel zu unterscheiden, essbare Pflanzen zu finden und jeden Augenblick zu genießen. Das ist eine so feste Liebe, dass selbst weite Entfernungen sie nicht zerstören können.

Denn eines Tages zieht Alex für sein Studium nach Hannover. Eine Entfernung von über 400 Kilometer. Sie sehen sich jedes zweite Wochenende. Auf den Zugfahrten liest Lejra Hermann Hesses „Siddhartha". Sie ist fasziniert von der Lektüre und der Tatsache, dass Siddhartha durch Meditation zur Erleuchtung gelangt, denn Lejra selbst ist auf der Suche nach dem Göttlichen. Mit Alex verbindet sie der Glaube an eine Muttergottheit, der die beiden am 1. Mai, zur Walpurgisnacht, Met opfern. Doch der Buddhismus fasziniert Lejra ebenfalls sehr. Noch ahnt sie nicht, dass sie sich eines Tages auf seine Spuren begeben wird. Eines Tages, als sie gerade im Zug zu Alex sitzt, trifft sie ihre Religionslehrerin. Die beiden fahren gemeinsam weiter und unterhalten sich.

„Ich lese gerade Siddhartha von Hermann Hesse", sagt Lejra.

„Ein schönes Buch", antwortet die Lehrerin.

„Es zieht mich nahezu magisch an. Ich, die auf der Suche nach spiritueller Erfahrung bin."

„Wie wäre es, wenn du dich zum Christentum bekennen würdest?", fragt sie die Lehrerin.

„Religion galt in dem Land, aus dem ich komme, lange Zeit als Opium für Volk. Wer Christ war, wurde verfolgt. Man traf sich heimlich um zu beten. Oder man fügte sich dem System und verlor den Glauben an Christus."

„Wo hast du in dieser Zeit gelebt?", möchte die Lehrerin wissen.

„In einem kleinen Dorf in Russland. Meine Freundin und ich fragten uns immerzu, was danach kommt, nach unserem Tod, doch wir fanden keine Antwort. Im Gegenteil, wir verehrten Naturgeister. Diesen Glauben habe ich mir bis heute bewahrt", antwortet Lejra.

In Hannover angekommen, wird sie am Bahnhof bereits von Alex empfangen. Er schenkt ihr eine Rose und Lejra ist überglücklich: „Endlich bin ich wieder bei dir! Danke für den wunderbaren Empfang!"

Sie gehen gemeinsam zu Alex. Lejra hat Absinth mitgebracht, den sie am Abend, beim Schauen einer DVD, genießen. Dafür zündet Alex Zucker auf einem Löffel an und kippt diesen in die grüne Flüssigkeit, die er dann umrührt. Er stellt die Flasche auf den Tisch, auf dieser ist ein Etikett im Jugendstil, eine Frau mit Hut und Pflanzenverzierungen.

Am nächsten Morgen stehen die beiden früh auf, um einen Ausflug ins Museum zu machen, in dem die Kunst Niki de Sainte Phalles gezeigt wird. Lejra liebt die Skulpturen ihres Tarotgartens, ihre bunten Nanas und die Asemblagen. Alex ist ebenfalls fasziniert von ihrer Kunst. Sie schlendern durch das Museum und lassen sich inspirieren. Danach fahren sie wieder in den Wald, um Pilze zu sammeln. Sie finden Pfifferlinge und füllen ihren Korb damit.

Zuhause angekommen, widmet sich Alex dem Braten der Pilze und Lejra ihren Abiturvorbereitungen. Sie wird in den Fächern Deutsch und Englisch geprüft. Dafür liest sie zwei Romane. Im Englischen „Oryx and Crake" von Margarete Atwood, im

Deutschen „Die Klavierspielerin" von Elfriede Jelinek. Bei dem ersten handelt es sich um eine Dystopie. Der zweite Roman beschreibt die Beziehung einer jungen Frau zu ihrer Umgebung, vor allem zu ihrer Mutter. Lejra macht sich Notizen, recherchiert und fühlt sich gewappnet für die Prüfung.

Nachdem Alex und sie die Pilze vertilgt haben, widmen sie sich der Vorbereitung ihrer Reise nach Irland. Diese soll zur Karnevalszeit stattfinden. Sie wollen dem Stress des Festes entfliehen und sich das Land der Trolle und Elfen ansehen. „Was meinst du Lejra, fahren wir per Anhalter und zelten oder holen wir uns lieber eine Ferienwohnung?", fragt Alex sie, neugierig auf ihre Reaktion.

„Ich bin für eine Ferienwohnung, es ist Winter und zu kalt zum Zelten", antwortet Lejra.

„Gut, dann schaue ich mich um."

Lejra kann es immer noch nicht glauben, dass Alex und sie nun ein Paar sind. Es ist alles so perfekt und idyllisch. Sie fühlt sich geliebt und träumt davon, ihm eines Tages Kalinovka zu zeigen, ihm ihre Großeltern vorzustellen. Zaghaft, aber selbstsicher, fragt sie Alex: „Möchtest du mit mir mal nach Russland reisen?"

„Klar", antwortet Alex enthusiastisch.

„Du wirst es lieben. Die Natur ist traumhaft schön!"

„Das glaube ich dir, erzähle mir noch mehr von deinem Dorf..."

„Als ich sechs Jahre alt war, zogen meine Eltern mit mir und meiner Schwester aus Kasachstan weg in dieses kleine Dorf, das im Laufe des letzten Jahrhunderts mehrmals umbenannt wurde - von Mehlkehmen in Birkenhain – von Birkenhain in Kalinovka. Ich durfte also in ein Kalinovka ziehen, das mit Birkenhain und Mehlkehmen nichts mehr zu tun hatte. Wir bekamen dort ein kleines Haus zugewiesen, eine Scheune und einen Garten. Meine Schwester und ich holten abends die Kühe von der Weide. Jede Kuh hatte einen Namen, die eine hieß Milka, die andere Ždanka. Wir liebten die Tiere auf unserem Hof. In Koblenz erzählte ich dann den Kindern in meinem noch gebrochenem Deutsch über unsere kleine postsowjetische Idylle. Ich ging fast jeden Abend zum Fluss und sammelte Minze für den Tee. Ein kühler Nebel legte sich über die Felder. Geisterhaft und unheimlich", berichtet Lejra.

„Klingt wirklich verwunschen", äußert sich Alex, „aber erzähl weiter, ich will dich unbedingt besser kennenlernen!", fügt er hinzu.
„Das freut mich sehr, Alex! Ich besuchte die erste Klasse der Grundschule und lernte schreiben und rechnen gemeinsam mit den anderen Dorfkindern. Wir hatten einen roten Hund namens Dinga, mit dem ich jeden Tag im Wald spazierte. Warum verließen wir Kasachstan und zogen in diese Peripherie? Meine Mutter meinte, so könnten wir in der Nähe meiner deutschen Großmutter leben. Und das stimmte. Sie besuchte uns nun viel häufiger. Die Eltern meines Vaters und seine Schwester zogen auch hinterher und so waren wir eine Weile lang zusammen."

Das Wochenende neigt sich dem Ende zu. Lejra und Alex schlendern noch etwas durch die Stadt. Sie besuchen eine Buchhandlung, in der ihr Alex ein Buch über Sagen aus Ostpreußen kauft. Dann begeben sie sich wieder zum Bahnhof. Lejra ist traurig zumute, denn sie weiß, dass vor ihnen ganze zwei Wochen liegen, bis sie sich wieder sehen. Sie küssen sich zum Abschied und verabschieden sich voneinander. Im Zug liest sie die ostpreußischen Märchen. In zwei Wochen würde Alex zu ihr kommen. Sie haben vor, in der Ehrbachklamm wandern zu gehen. Und darauf freut sie sich riesig.

Bald würde sie auch ihre Abiturprüfungen schreiben. Was wird danach geschehen? Wird sie zu Alex ziehen? Wird sie studieren? Diese und weitere Fragen schwirren in ihrem Kopf herum. Zuhause angekommen, wird sie von ihrer Katze Musja begrüßt.
Ihre Eltern schauen sich einen Film an, ihre Schwester hat Besuch von Freundinnen. Lejra wählt Alex' Nummer, um ihm zu

sagen, dass sie gut angekommen ist.

Die nächsten zwei Wochen verlaufen eintönig. Schule, Hausaufgaben usw. Am Wochenende trifft sie sich mit Pauline und Katie. Es ist wieder das Imperium der Dunkelheit in den Katakomben. Doch diesmal trägt Lejra bunt. Sie ist so glücklich, darüber, dass da ein Mensch ist, der sie liebt. Die Musik läuft und die Menschen tanzen. Jeden Tag neu wird sich Lejra auf Alex' Besuch freuen.

Die Zeit vergeht und Alex kommt in Koblenz an. Sie fahren heraus in die Natur und erreichen bald die Ehrbachklamm. Sie folgen dem Wasserlauf durch die Klamm, vorbei an Bachstelzen, die im Bach baden, vorbei an alten, urigen Bäumen. Sie machen Halt bei einer Stelle, an dem der Wasserlauf eine Biegung macht. Hier machen sie ein Picknick. Sie essen Brote mit Erdbeermarmelade und trinken Tee aus der Thermoskanne.
„Hast du dir schon Gedanken gemacht, was du nach dem Abitur machen möchtest, Lejra?", fragt Alex sie. „Ich bin noch unschlüssig. Ich würde gerne studieren, aber was, das weiß ich nicht. Am liebsten an einer Uni in deiner Nähe", antwortet Lejra.
„Du musst dich nicht nach mir richten. Wähle ein Fach aus, das dir gefällt!"
„Ich denke drüber nach, Alex!"
„Nun lass uns weiter gehen, wir haben noch einen weiten Weg vor uns und es wird langsam dunkel", sagt Alex.
Die beiden wandern weiter die Klamm entlang und erblicken die prächtige Ehrenburg. „Alles ist so sinnerfüllt mit dir!", gesteht Lejra Alex. „Danke, es geht mir genauso mit dir!", antwortet Alex.
Nach der Wanderung kehren sie in ein Restaurant ein und essen Flamkuchen. „Ich freue mich auf Irland mit dir!", sagt Alex, „du wirst es lieben, da bin ich mir sicher!"
„Ich freue mich auch. Ich war noch nie in diesen Gefilden. Meine Reisen gingen immer nach Russland zu den Großeltern.

Umso neugieriger bin ich auf das Land der Elfen und Feen."
Sie verlassen das Restaurant und fahren zu Lejra.

Bald kommt die Zeit der Abiturprüfungen. Lejra besteht sie
alle mit Bravur. Nun heißt es, sich für ein Studium einzuschreiben. Sie setzt sich an den PC und recherchiert. Ihre Schwester
leistet ihr Gesellschaft. „Slawische Sprachen und Literaturen
klingt gut, du weißt ja, ich habe ein Faible für russische Literatur!", sagt Lejra zu ihrer Schwester. Sie entscheidet sich für die
Bewerbung an der Universität Hannover für Germanistik und
Philosophie und für Slawistik in Berlin.
Insgeheim träumt sie, eine Zusage für das erste zu bekommen, um in der Nähe von Alex zu sein.

Ein paar Wochen später kommen die Bestätigungen. Beide
Unis wollen ihr die Möglichkeit geben, an ihnen zu studieren.
Sie ruft sofort Alex an: „Hallo Alex, beide Unis wollen mich haben. Ich wäre am liebsten in deiner Nähe. Dann könnten wir
zusammenziehen. Ich würde Germanistik und Philosophie
studieren. Was denkst du darüber?" Alex schweigt eine Weile
und fragt dann: „Was ist die zweite Option?" „Die zweite Option ist Berlin, ein Studium der Slawistik", antwortet Lejra.
„Ich weiß, wie sehr du dich für die russische Kultur begeisterst,
Lejra. Ich will dir nicht im Weg stehen. An deiner Stelle würde
ich die zweite Option wählen."
Lejra ist traurig, sie hatte eine andere Reaktion erwartet. Sie
wollte, dass Alex sich auch wünscht, sie in seiner Nähe zu haben. Doch sie ist zu stolz, um das zu bekennen und antwortet:
„Gut, dann schreibe ich mich für Slawistik ein."

Das tut sie auch. Nach dem Telefonat setzt sie sich wieder an
ihren PC und schreibt sich für das Slawistik-Studium an der
Humboldt-Universität zu Berlin ein.
Eine Woche später ist sie wieder zu Besuch bei Alex. Dieser
macht den Vorschlag, gemeinsam nach Berlin zu fahren, um
die Stadt kennen zu lernen, in der Lejra zukünftig studieren

wird.

Ein Gutes hat es ja. Pauline, die ihr Abi noch vor Lejra beendet hatte, würde ebenfalls nach Berlin ziehen. Sie wäre also nicht alleine in dieser großen Stadt.

Während der Autofahrt nach Berlin hören sie eine russische Band, „Nochnye Snajpery" und Lejra liest Alex aus Walter Moers' Roman „Rumo" vor. Sie ist gespannt auf Berlin, darauf, was sie dort erwartet. Sie erreichen den Prenzlauer Berg, wo Alex' Freundin Madeleine wohnt. Nachdem sie geparkt haben, schlendern sie die Straße zu ihrem Haus entlang. Die Berliner Luft wirkt sich inspirierend aus auf Lejra. Bunte Boutiquen, Straßenmusiker, viel Grün.

Sie erreichen Madeleines Haus. Davor ist ein Blumengeschäft. Lejra kauft eine weiße Lilie. Sie klingeln bei Madeleine und steigen die Treppe hoch in ihre Wohnung.

Madeleine empfängt sie fröhlich: „Kommt rein und fühlt euch wie zuhause!" Lejra und Alex betreten die Wohnung und werden von Madeleine ins Wohnzimmer begleitet. Ein riesiges Bücherregal, ein Plattenspieler, ein Traumfänger und bunte Kunstdrucke schmücken ihre Wohnung.

„Ich habe Nudeln mit Salbei vorbereitet", lädt Madeleine Alex und Lejra ein, mit ihr gemeinsam zu essen. Nach dem Essen, es hat Lejra wunderbar geschmeckt, schaut sie sich die Bücher an.

„Schau sie dir ruhig an. Ich studiere Philosophie und Vergleichende Literaturwissenschaften und ich kann an keinem Bücherstand vorbei gehen, ohne mir ein Buch zu kaufen", sagt Madeleine

„Hast du das Werk Simone de Beauvoirs gelesen?" fragt Lejra sie.

„Klar, sie ist meine Lieblingsautorin", antwortet Madeleine, „am meisten gefällt mir ihr Roman „Alle Menschen sind sterblich", und du wirst also an der HU studieren?"

„Ja, das habe ich beschlossen", antwortet Lejra.

„Wenn du magst, kannst du zuerst bei mir wohnen, bevor du eine eigene Wohnung findest."

„Das ist echt super, danke Madeleine."

Am nächsten Morgen zeigt Madeleine Lejra und Alex die Stadt. Sie fahren in den Mauerpark, schlendern über den Flohmarkt, beobachten Jongleure. Dann bestaunen sie den Neptunbrunnen und die Weltzeituhr auf dem Alex. Sie fahren U-bahn und Tram. Sie besuchen den Checkpoint Charlie. Für Lejra ist alles aufregend. Sie kann es sich allerdings nicht vorstellen, wie Berlin vor dem Mauerfall ausgesehen hatte. Diese sowjetische Geschichte ist auch Teil ihrer Geschichte. Sie würde gerne mehr davon erfahren. Wozu baute man diese Mauer und trennte die Menschen voneinander? Wessen Schuld war es? Und liegt es nicht auch in ihrer historischen Verantwortung, diesen Teil der Geschichte zu verstehen?"

Sie erinnert sich an ihre Kindheit. Daran, wie sie ihrem Vater Panzer malte. Wie sie in den Schulbüchern Lenin priesen. Wie es darum ging, den Sieg über das Nazi-Deutschland zu zelebrieren. Damals verstand sie nicht, dass beide Länder eine Schuld auf sich geladen hatten.

Und sie erinnert sich daran, dass ihr Großvater Mitglied der KPdSU war und damit dieses bestialische System praktisch unterstützt hat, doch trotzdem war er kein schlechter Mensch, er war ihr Großvater, den sie liebte.

Zum Abschluss ihres Besuches besichtigen die beiden und Madeleine noch das Planetarium. Lejra muss an die Nomaden in Kasachstan denken, die sich an den Himmelskörpern orientierten. Dass sie erstere eines Tages besuchen wird, ahnt sie noch nicht.

Kapitel 4

Als der Winter naht, begibt sich Lejra mit ihrer Familie zu den Großeltern nach Kalinovka. Die Autofahrt dauert nicht mehr lange. Derweil stellt Lejra ihren Eltern Fragen:

„Warum sind wir aus Kasachstan nach Russland umgesiedelt?"

„Wir wollten in der Nähe meiner Familie sein", antwortet die Mutter.

„Viele Russlanddeutsche, die in der Stalin-Zeit nach Zentralasien verbannt wurden, siedelten sich hier an.

„Hm, das ergibt Sinn", sagt Lejra.

Sie fahren an orthodoxen Kirchen vorbei und bestaunen ihre bunten Kuppeln, an Storchnestern und Schafherden. Bald erreichen sie die Bezirksstadt Gussew, welche in deutscher Zeit Gumbinnen genannt wurde, diese liegt an dem Zusammenfluss von Krasnoja und Pisa. Eines der Symbole der Stadt ist die Skulptur eines Elches, welche 1912 errichtet wurde. Im Umkreis von Gumbinnen begann Immanuel Kant seine Tätigkeit als Lehrer.

Lejra bestaunt die Landschaft und die alten Häuser der Stadt. Wie gerne würde sie Alex davon berichten, ihm all das zeigen. Ihn an die Orte der Kindheit führen, zu den verlassenen Farmen, zu den alten Brücken.

Nun sind sie in Kalinovka, in der Zentralstraße, hier leben die Großeltern. Direkt gegenüber dem Haus von Herbert und seiner Familie. Nur ist die Zeit eine andere. Sie erreichen die Pforte des Hauses und steigen aus dem Auto aus. Als erster empfängt sie der Hund Druschok, der vor Freude aufspringt und mit dem Schwanz wedelt. Und da kommen auch schon die Großeltern und die Tante aus dem Haus. Es wird sich umarmt und geküsst. Endlich ist die Familie wieder vereint.

„Nun kommt rein, ihr Lieben!", sagt die Großmutter.

Alle betreten das Haus.

„Ich habe Zuckerringe gebraten. Hoffentlich habt ihr Hunger mitgebracht!"

„Das haben wir, Mutter", antwortet Lejras Vater.

„Setzt euch, es gibt auch Tee aus dem Samowar", schlägt der Großvater vor.

„Wie lange bleibt ihr?", fragt die Großmutter.

„Zwei Wochen", antwortet Lejras Mutter.

Lejra und ihre Schwester sind derweil mit den Katzen beschäftigt und streicheln diese. Danach setzen sie sich an den Tisch und lassen sich die Ringe schmecken.

„Welche Tiere habt ihr zur Zeit, Babuschka?", fragt Lejra

„Wir haben zwei Kühe. Fünf Schafe. Zehn Hühner, zwei Truthühner und Katzen und Hund", antwortet Lejras Großmutter.

„Mögt ihr mich auf die Felder begleiten, Kinder? Ich muss die Kühe holen", fragt der Großvater.

„Ja!", rufen die beiden begeistert.

Währenddessen kocht die Großmutter Borsch, schneidet den Kohl in kleine Stücke, schält danach Kartoffeln und Möhren. Und wirft alles in einen Topf. Lejras Vater schaut sich derweil im Hof und Garten um, er möchte ein neues Gewächshaus und einen Stall bauen in der Zeit ihres Aufenthaltes.

Nach ihrer Rückkehr von der Weide, hat Lejra den Plan, die Großeltern über ihre Geschichte zu befragen. Das wird sie morgen tun.

Vor dem Schlafen liest sie noch eine Weile in Anna Karenina. Es geht um einen Ball, auf den Kitty eingeladen wurde. Alle bewundern ihre Schönheit, doch diese ist in Wronsky verliebt und tanzt die ersten Walzer mit ihm. Im Laufe der Geschichte wird er sich von ihr abwenden und Anna Karenina zu seiner Geliebten machen.

Lejra liest das Kapitel zu Ende und schaltet das Licht aus. Am nächsten Morgen wird sie das Interview mit den Großeltern beginnen. Nun heißt es sich von der Reise zu erholen.

Lejra erwacht von Vogelgezwitscher und Tiergeräuschen. Sie steht auf und geht auf die Veranda, wo sie immer zusammen speisen. „Wo soll ich nur anfangen?", denkt sie sich. Ich werde mich erst einmal mit der Geschichte der Großmutter beschäftigen. Ihrem Leben in Kasachstan und ihrem Kennenlernen mit meinem Großvater.

Nach dem Frühstück beschließt Lejra ihre Großmutter auszufragen.

„Babuschka, erzähl mir doch bitte was über Kasachstan, über deine Geschichte."

„Lejrochka, ich kann mich doch an fast gar nichts mehr erinnern."

„Doch, Babushka, du weißt viel mehr als du denkst."

„Dann hilf mir doch auf die Sprünge, was genau möchtest du wissen?"

„Wo wurdest du geboren?"

„In Zhetygora, im nördlichen Kasachstan. Im Jahr 1933."

„Wie war es dort?"

„Es war sehr trocken und die Sommer waren sehr kurz. In der Nähe des Hauses floss der Fluss Tobol. Ich spielte mit den anderen Kindern in den Bergen. In diesen wurde Arsen abgebaut. Wir spielten mit diesem giftigen Sand, ohne zu wissen, dass es gefährlich war."

„Erzähl mir etwas über deine Eltern!"

„Meine Eltern kamen aus der Ukraine. Ihren ersten Ehemann hat meine Mutter verloren. Er wurde, des Separatismus beschuldigt, eines Tages mitgenommen und kehrte nie wieder zurück. Von ihm hat meine Mutter ein Kind – meine Halbschwester Matrejna."

„Was geschah dann?"

„Am nächsten Tag wurde meiner Mutter Vaselisa der Befehl gegeben, ihre Heimat zu verlassen. Ein Freund Michels, so hieß ihr erster Ehemann, erklärte sich bereit, auf sie aufzupassen und sie zu begleiten. So kamen sie in Kasachstan an. Ich bin also die Tochter von Vaselisa und Semön."

„Wie war das Leben in Zhetygora?"

„Wir hatten eine Kuh, meine Brüder gingen zur Schule und lernten die kasachische und russische Sprache. Ich verbrachte den ganzen Tag in der Natur."

„Was ist mit deiner Mutter? Welchen Beruf hat sie erlernt?"

„Meine Mutter gehörte in Dnjepropetrowsk, wo sie herkam,

zum wohlhabenden Bauerntum. Sie war Ukrainisch-Lehrerin."
„Dann hat sie dir sicher etwas vorgelesen?"
„Nein, die ukrainische Sprache wurde damals verboten. Wir mussten uns alle auf die Russische umstellen."
„Deswegen sprichst du kein Ukrainisch mehr, Babuschka?"
Die Tante Lejras fügt sich in das Gespräch ein:
„Doch Lejra, sie spricht noch Ukrainisch, aber das galt in Russland lange Zeit als Bauerndialekt. Sie möchte nicht, dass man über sie lacht. Doch in Wahrheit ist sie eine echte Hohluschka."
„Aber Babuschka, die ukrainische Sprache hat eine so schöne Melodie. Du musst dich doch nicht dafür schämen."
„Lejrochka, dein Opa macht sich lustig über mich, wenn ich Ukrainisch spreche. Aber ich kann dir später einige Lieder vorsingen."
„Au ja. Aber erzähl weiter. Was war dann geschehen? Ich meine, wie kamt ihr in den Süden Kasachstans, wo meine Eltern und ich geboren wurden?"
„Das muss das Jahr 1948 gewesen sein. Meine Familie beschloss den Norden zu verlassen, um in wärmere Gebiete umzusiedeln, mit fruchtbarem Boden. Ich war damals 15 Jahre alt. Wir fuhren mit einer Karawane, mit Rindern und Pferden."
„Und wie ging es weiter?"
„Wir siedelten uns in einer Sowchose namens Zabilovka an. Einen Teil unserer Ernte mussten wir abgeben. Wenn wir besonders gut arbeiteten, bekamen wir vom Vorarbeiter Geschenke, einmal schenkte er mir einen Stoff mit Kornblumenmustern. Daraus nähte mir meine Mutter ein Kleid."
„Was machten deine Brüder?"
„Die beschäftigten sich mit der Taubenzucht. Manchmal musste ich auf die Vögel aufpassen. Je älter ich wurde, desto verantwortungsvollere Arbeiten bekam ich von meiner Mutter zugewiesen."
„Was denn zum Beispiel?"
„Ich muss meinem älteren Bruder Dima, welcher die Schafe hütete, Essen bringen. Eines Tages, als er gerade am Essen war, näherten sich uns zwei Wölfe. Ich dachte es seien Hunde und

nahm einen großen Stock, um sie zu vertreiben. Als Dima das sah, verscheuchte er diese mit einem Pfiff."

Jemand machte den Wasserkocher an. Eine Katze miaute.

„Lejra, genug für heute, frag lieber deinen Großvater aus, er kann sehr gut erzählen."

„Gut Babushka. Danke dir für deine Antworten."

Nachdem Lejra die Befragung beendet hatte, musste sie raus an die Luft, allein.

Sie ging an den Ställen vorbei, vorbei an der Scheune, weiter vorbei an der Kiefer, auf der Störche nisteten. Sie ging weit hinaus auf die Felder.

„Wie kann das sein, dass einer Familie ein solches Schicksal auferlegt wird?"

Sie denkt an Alex. Wie gerne würde sie ihm von alldem berichten. Wie gern würde sie ihm die Natur in Kalinovka zeigen.

„Ich habe soeben eine Menge über meine Vorfahren erfahren", denkt sie.

„Gleich nach dem Spaziergang werde ich meinen Großvater bitten, mir von seiner Geschichte zu erzählen."

Als Lejra die Veranda betritt, isst ihre Familie gerade Fisch und Bratkartoffeln. Lejra gesellt sich dazu. Ihre Tante macht ihr ein Kompliment: „Lejra, ich finde dir stehen die roten Haare viel mehr als die schwarzen. Auch dein Kleidungsstil hat sich verändert. Was ist der Anlass dazu?"

„Das weiß ich selber nicht", antwortet Lejra.

Sie ist immer noch in Gedanken bei Alex. Er muss jetzt in Norwegen sein. Wie gern hätte sie ihn begleitet. Doch ihre Familie ist ihr ein und alles. Sie wendet sich an den Großvater: „Deduschka, darf ich dir gleich ein paar Fragen zu deiner Familiengeschichte stellen?"

„Ja, Lejra. Gerne", erklärt sich der Großvater einverstanden.

Nach dem Essen setzt sie sich auf das Sofa, nimmt wieder ihr Diktiergerät und beginnt das Interview:

„Deduschka, würden Sie sich bitte vorstellen? Wo wurden Sie geboren und wann?" Lejra siezt ihren Großvater, seitdem sie denken kann.

„Ich wurde geboren im Dorf Kierowka in Kirgisien. Im Jahr 1932."

„Wie kamen Ihre Vorfahren nach Kirgisien?"

„Die Geschichte meiner Mutter, einer Ukrainerin, kenne ich nicht. Mein Vater Ivan dagegen, wurde in den 20er Jahren nach Kirgisien verbannt, er hat mir oft davon erzählt."

„Wie kam es zu der Verbannung?"

„Er stammt ursprünglich aus dem russischen Tambov. Seine Familie lebte seit jeher als freie Bauern in der Nähe der Stadt. 1920 begann ein Bauernaufstand, also ein bewaffneter Aufstand der Bauern gegen die Bolschewiki. Diese haben ihnen das Getreide entzogen."

„Das klingt ja schrecklich. Wie ging es weiter?"

„Weil die Bauern keine Gewehre hatten, wehrten sie sich mit Spaten und Mistgabeln und fanden Unterstützung von Bauern aus weiteren Dörfern. Zum Teil gelang es auch die Anhänger der Roten Armee zu verscheuchen. Doch siegten die Bolschewiki über die Bauernarmee. Die meisten Familien des Aufstands wurden enteignet und deportiert. So auch dein Urgroßvater Ivan."

„Wie alt war er und wie ging es weiter?"

„Damals war er 20 Jahre alt. Er lernte schon bald seine Frau Afanasja kennen. Sie heirateten und ich kam zur Welt. Mein Vater arbeitete als Chauffeur. Er transportierte Getreide von Kirgistan über die Grenze nach Kasachstan. Als ich acht Jahre alt war, ging mein Vater an die Front. Er kam eines Tages in meine Schule, als ich Unterricht hatte, klopfte an die Tür und sprach zu mir: „Sohn, ich gehe an die Front, du bist der einzige Mann im Haus. Gib auf deine Mutter acht." Dazu kam es auch. Ich übernahm die Verantwortung und las der Mutter die Briefe von der Front vor. Er überlebte den Krieg. Wir zogen um nach Kasachstan. Dort lernte ich deine Großmutter kennen."

Die Großmutter betritt die Veranda.

„Babushka, wie habt ihr euch eigentlich kennen gelernt?", wendet sich Lejra nun an ihre Großmutter.

„Ach Lejrotschka, das ist so lange her, aber ich versuche zu berichten: Wir lernten uns bei der Kartoffelernte kennen. Es war Liebe auf den ersten Blick. Wir waren blutjung und unsere Eltern bemerkten nicht, welche Anziehungskraft sich zwischen uns entwickelte."

Der Großvater übernimmt wieder das Wort: „Wir trafen uns heimlich in den Mohnblumenfeldern. Die Eltern bemerkten nichts davon. Hier und da kam ein Kamel vorbei oder eine Schafherde. Ich brachte oft Honigwaben mit."

„Und ich selbstgemachten Kompott aus schwarzer Johannisbeere. Dein Opa schenkte mir ein Fahrrad, wir hatten sogar ein gemeinsames Tagebuch, in dem wir uns unsere Liebe gestanden.", fügt die Großmutter hinzu.

„Als Chauffeur bekam ich von meinem Arbeitgeber einmal im Jahr eine Reise geschenkt. Ich war damals Mitglied der KPdSU. Es war gerade der Beginn der Chruschtschow-Ära. Diesmal wollte ich Pelageja mitnehmen. Es sollte unsere Hochzeitsreise werden."

„Ja", sagt die Großmutter, „Wir heirateten im kleinen Rahmen im Hof meiner Eltern. Es wurde gekocht, gegrillt und gebacken: Lagman, Rote-Beete-Salat, Schaschlik, Torte Napoleon und Chackchack. Ein Akkordeonist wurde engagiert und sorgte den ganzen Abend für musikalische Unterhaltung. Der Samowar wurde angeschmissen. Das Fest ging tief bis in die Nacht."

„Und wohin ging die Hochzeitsreise?", möchte Lejra wissen.

„An den See Isyk-Kul."

„Da möchte ich auch mal hinreisen."

„So genug erzählt."

„Lejra, magst du mit mir Kräuter sammeln gehen?", fragt die Großmutter ihre Enkelin.

„Nichts lieber als das!", antwortet diese.

Sie nehmen einen Korb mit. Ihre jüngere Schwester und der Großvater begleiten sie.

„Kinder, erinnert ihr euch noch an den Hexenwald?", fragt der Großvater.

„Klar!", rufen die beiden Mädchen.

Sie gehen an der alten Schlangenbrücke vorbei, die ehemals eine Eisenbahnbrücke war. Doch es fahren keine Züge mehr hier. Dann erreichen sie den Wald. Die Lindenbäume blühen und die Großmutter sammelt fleißig die Blüten in den Korb.

Dann finden sie wilden Thymian. Auch diesen nehmen sie mit. Johanniskraut wächst auch in voller Blüte. Lejra sammelt auch dieses und legt es in den Korb.

Am liebsten würde sie ihrer Großmutter von Alex erzählen, doch sie traut es sich nicht in der Anwesenheit der Schwester und des Großvaters. Auf dem Rückweg gehen sie bei der alten Schule vorbei.

„Wird das Gebäude heute noch genutzt?", will Lejra wissen.

„Nein, sie wollen es bald abreißen", sagt der Großvater.

„Man sagt dort würden Feenwesen ihren Schabernack treiben."

„Wirklich? Da muss ich unbedingt mal rein."

„Es ist verboten Lejra, lass uns lieber nachhause gehen."

Zuhause werden sie von Lejras Eltern empfangen.

„Kommt ihr morgen mit nach Kaliningrad, Kinder?"

„Ja!", rufen die beiden Mädchen im Chor.

Am nächsten Tag fährt die Familie, gemeinsam mit der Tante in die Gebietshauptstadt. In dieser Stadt hat die Tante studiert und möchte ihrer Familie unbedingt die Orte zeigen, die geschichtsträchtig sind.

„Wir durchfahren gerade den Nordwesten der Stadt. Dieser, wie ihr sehen könnt, ist vor allem geprägt von dem so genannten Zuckerbäckerstil. Nun sind wir in der Friedensallee (Prospekt Mira). In der Stalin-Zeit war dies die Hauptstraße Kaliningrads. Bald erreichen sie das Neue Schauspielhaus: „Hier wurden noch in deutscher Zeit, Theaterstücke aufgeführt!" berichtet die Tante. „Vorbild in sowjetischer Zeit war das Moskauer Bolschoi-Theater."

„Olja, wann können wir das Bernsteinmuseum besichtigen?", fragt Lejra ihre Tante.

„Gleich, Lejrochka. Es befindet sich unweit von hier, in Dohnaturm."

Nach einem kurzen Spaziergang erreichen sie dieses. Sie betreten das Gebäude.

„Ich habe gehört, hier befindet sich das größte Bernsteinstück von ganz Russland."

„Ja, das ist wahr, Lejra", antwortet die Tante, „nun lasst uns hineingehen."

Die Familie betritt das Gebäude und die Tante fährt fort mit dem Erzählen: „Hier seht ihr ein Modell des rekonstruierten Bernsteinzimmers von Zarskoje Selo."

„Was ist Zarskoe Selo?", möchte Lejras Schwester wissen.

„Heute sagt man Katharinenpark dazu. Er liegt in der Nähe von Sankt Petersburg und beherbergt den Großen Katharinenpalast, wo früher der russische Zar residierte." antwortet die Tante.

Nachdem sich die Familie weiter umgeschaut und frühe Bernsteinfunde, sowie moderne Arbeiten von Künstlern betrachtet hat, macht die Mutter Lejras den Vorschlag, den Markt zu besuchen.

„Dann los!", sagt der Vater.

Sie erreichen bald dem Markt. Dort kaufen sie Fisch und eine Wassermelone, außerdem ein Kleid für Lejras Schwester und CDs für Lejra: The Doors und Depeche Mode. Die Tante besorgt noch einige Schulutensilien und die Familie macht sich auf den Heimweg. Zuhause angekommen, werden sie bereits von den Großeltern und dem aus Moskau angereisten Onkel Paul und seiner Frau Petra begrüßt.

Der Onkel schenkt Lejra und Lucia russische Ikonen, die aus einem Kloster neben Moskau kommen.

Die restliche Zeit ihrer Ferien bei den Großeltern verbringt Lejra mit Fahrradfahren und Wanderungen zu entlegenen Orten – den alten Fabriken, die in Sowjetzeiten dem Kollektiv zur Verfügung standen und nun verlassen sind.

Sie geht mit ihrem Großvater in den Wald, um Pilze zu sammeln, beobachtet das Treiben der Kraniche und erzählt ihrer Tante von ihrer Verliebtheit.

Bald neigt sich der Urlaub bei der Familie dem Ende zu und Lejra, ihre Schwester und die Eltern verabschieden sich von den Großeltern. Lejra fühlt, wie immer bei den Abschieden von den Großeltern, Bitterkeit in ihrer Seele. Erst als sie die russische Grenze überqueren, beruhigt sie sich und vertreibt ihre Tränen.

Kapitel 5

Das Abitur hat Lejra mit Bravur bestanden. Nun steht der Umzug nach Berlin an. Die Stadt empfängt Lejra schillernd und in leuchtenden Farben. Sie kommt bei Madeleine unter. Diese hilft ihr dabei, sich für die Vorlesungen und Seminare einzuschreiben. Zunächst irrt Lejra allein durch die Stadt und lässt sich von ihrem Flair inspirieren. Sie liebt es, U-Bahn zu fahren. Die lange Allee unter den Linden entlang zu spazieren und sich auf das Studium zu freuen.

Bei Madeleine lernt sie Mathilde kennen, die ebenfalls nach Berlin gezogen ist. Die beiden wollen gemeinsam eine WG gründen. Bald finden sie eine passende Wohnung in Charlottenburg, auf deren Balkon sie gemeinsam frühstücken und Sonnenuntergänge beobachten. Lejra besucht die Uni und lernt altkirchenslawisch. Sie liebt es, sich in der Bibliothek aufzuhalten, nach Büchern zu stöbern, die Bibliothek wird für sie zu einer wahren Goldgrube.

Lejra irrt durch die Stadt. Verläuft sich. Findet wieder Auswege. Alles dreht sich. Die Stadt nimmt sie in ihren Bann. Sie will zu Alex. Ihm berichten, was sie wahrnimmt. Ihn umarmen. Wünscht sich, dass er sie in die Arme nimmt. Die Stadt überwältigt sie.

Fängt sie ein wie in einen Strudel. Die Fontäne am Alexanderplatz - der Neptun wirkt so lebendig. Die Weltzeituhr lässt sie in ferne Welten reisen. Und in den U-Bahnen und Trams fühlt sie sich wie im Theater, wo jeder seine eigene Rolle spielt. Lejra ist begeistert von der Stadt. Doch sie ist auch überfordert von den vielen Impulsen und Eindrücken. Alex besucht sie. Die beiden torkeln zusammen durch die Stadt. Alles ist friedlich in seiner Gegenwart. Lejra bereut instinktiv, dass sie sich nicht für das andere Studium in Hannover eingeschrieben hat. So wäre sie in Alex Nähe.

Nun ist sie allein. Pauline hat keine Zeit für sie.

Lejra und Alex schlendern über einen Gemüsemarkt. Es duftet nach Nektarinen. Sie kaufen Ingwer, Minze und Orange. Zuhause bereiten sie daraus ein Heißgetränk zu.

Sie hören russische Rockmusik und tanzen dazu. Sie fühlen sich frei, zusammen in dieser großen Stadt. Am Abend sind sie auf eine Feier eingeladen. Bei Mathildes Freundin. Sie kommt auch aus Russland. Es gibt Borsch und Piroggen. Dazu wird gekifft. Lejra hakt sich bei Alex ein, als sie aus der Tür von Mathildes Wohnung schwanken. Der Stoff seiner Jacke ist noch warm und riecht nach Gras und Borsch. Sie atmet tief ein - hatte sie gerade an seiner Jacke gerochen? Seufzt. Lächelt, als sie den Bürgersteig entlangstolpern. Aus den Augenwinkeln sieht sie, dass auch Alex lächelt. Sie ist glücklich. Glücklich über die vielen lachenden Gestalten. Diese Stadt wird eine Heimat werden für sie in den nächsten Jahren.

„In einer Minute kommt die Bahn - wer zuerst unten ist! Oder bist du zu bekifft, Madame?" Aus seinem Lächeln wird ein breites Grinsen. Lejra muss lachen, dann schüttelt sie den Kopf. Alex, zieht eine Show ab und geht in die Hocke, als würde er bei einem Staffellauf mitmachen. „Okay, bereit?" Lejra muss alles geben, um nicht loszuprusten, nickt und geht auch in die Hocke. Sie hätte Lust, ihre Schuhe auszuziehen, denkt sie, verwirft den Gedanken aber schnell wieder. Zu anstrengend, ganz schwummrig ist es. Die Lichter flimmern, der Boden vibriert. Lass uns rennen, denkt sie. Lass uns einfach rennen. „Auf die Plätze, fertig, los!" Ihr Herz rast, als sie sich gerade noch so durch die Tür der abfahrbereiten Bahn zwängen. Der ganze Wagen ist erfüllt von Gelächter, Stimmen und Blicken. Als wären sie in Zeitlupe gerannt und jetzt würde alles doppelt so schnell passieren. Als sie sich neben Alex auf den Boden setzt, schließt Lejra ihre Augen und legt ihren Kopf an seine Schulter. Auch Alex' Herz pumpt noch wie wild und es fällt ihr schwer,

ihren Herzschlag von seinem zu trennen. „Ich willdasswir nie-
malsnich ankommen.", nuschelt sie. „Was meinst du?", fragt
Alex, reibt sich die Augen. Aber Lejra ist schon eingeschlafen.
Sie wünscht sich, dass Alex zu ihr zieht, dass sie gemeinsam
leben, doch der Zug ist abgefahren. Alles läuft auf eine Fern-
beziehung hinaus. Dass ihre Beziehung bald ein Ende haben
wird, ahnt Lejra nicht.

Der Auslöser ist das Treffen mit Felix. Nach einem Seminar
quatscht er sie in der U-Bahn an. „Hallo, wir besuchen den gleichen Kurs", grüßt er Lejra.

Lejra antwortet schüchtern: „Stimmt. Und wir fahren dieselbe
Bahn."

„Ich bin Felix"

„Und ich, Lejra", stellen sich die beiden einander vor. Im Laufe
des Gespräches stellen die beiden fest, dass sie viele Gemein-
samkeiten haben. Das Reisen. Die Liebe zur Natur und Kunst.

„Man sieht sich!", ruft Felix, als er bei seiner Station aussteigen
muss. „Ahoj!", verabschiedet sich Lejra.

Irgendetwas in ihrer Seele fühlt sich angesprochen. Eine Nu-
ance. Ganz leicht. Felix. Das muss an ihm liegen. Es ist nicht
sein Äußeres, was Lejra so fasziniert, doch seine Aura. Sie will
ihn kennen lernen. Es kann kein Zufall sein, dass sie denselben Nachhauseweg haben. Sie wartet mit Ungeduld auf das
nächste Treffen im Seminar. Diesmal setzt sich Felix neben
Lejra. Er macht ihr ein Kompliment zu ihrem grünen Kleid. Sie
verabreden sich im Park für den nächsten Tag. Felix hat Jong-
lierbälle dabei. Sie lachen viel. Sie scherzen viel. Und sie umarmen sich. Lejra muss an Alex denken und hat ein schlechtes
Gewissen. Sie kommt zuhause an und berichtet Mathilde davon. Mathilde gibt ihr den Tipp, bei Alex zu bleiben und sich
von Felix fernzuhalten. Doch Lejra kann nicht aufhören an ihn
zu denken.

Beim nächsten Treffen gesteht ihr Felix, dass er seine Freundin
ihretwegen verlassen hat. Lejra fühlt sich geschmeichelt, sie
ahnt, dass auch sie Alex verlassen wird. Und das tut ihr weh.
Genau das geschieht, als Alex sie das nächste Mal in Berlin be-

sucht. Sie will es selbst nicht glauben, denn sie ist überzeugt davon, dass er ihre große Liebe ist, dass er sie genau kennt und so liebt wie sie ist. Sie kennt Felix noch zu schlecht, um zu sagen, was er wirklich für sie empfindet.

Alex kämpft um sie, schreibt ihr Briefe. Doch Lejra hat sich entschieden. Eine neue Stadt, eine neue Liebe.

Aus einem Flirt, entwickelt sich eine Romanze. Lejra und Felix verbringen jeden Tag zusammen. Sie erkunden Berlin, gehen ins Theater, in Ausstellungen, in einen verlassenen Freizeitpark, in dem noch das Riesenrad steht. Sie sammeln gemeinsam Bärlauch. Lejra muss dabei an Alex denken. An die Spaziergänge mit ihm durch den Wald. Sie hat das Gefühl, dass Felix sie zwar mag, doch dass er ihre melancholische Seite nicht wahrnimmt. Sie spielt ihm eines Tages russische Rockmusik vor, die sie so gerne mit Alex zusammen gehört hatte. Doch Felix kann damit nichts anfangen.

Er hört Bob Dylan. Keine schlechte Musik wie Lejra findet, doch sie sehnt sich wieder nach der wahren Natur ihrer selbst, nur will sie es sich nicht eingestehen.

Sie und Felix ziehen zusammen in eine Wohnung, in der Künstler ein und aus gehen. Bis in die Nacht wird musiziert. Es ist eine friedliche Welt, wie eine kleine Insel, sie leben weder in der Vergangenheit noch in der Zukunft, sondern im Jetzt, das so schillernd und fröhlich ist. An Wochenenden versammeln sie sich im Hinterhof des Hauses. Dort singen sie ihre Lieder. Im Hof steht ein riesiger Kastanienbaum, dessen Blüten Lejra auch aus ihrem Fenster beobachten kann. Ihr eigenes Zimmer ist mit bunten Tapeten geschmückt. Hier steht der Schreibtisch, an dem sie für die Uni arbeitet.

Auf ihm eine Vase mit Blumen, meistens Lilien, deren Geruch sich in der gesamten Wohnung ausbreitet.

In der Tram lernt Lejra Veronika kennen. Sie trägt einen Fellmantel und hat blaue Wimpern. „Darf ich mich neben dich setzen?", fragt Lejra „Klar. Kann das sein, dass wir dasselbe studieren?", fragt die junge Frau sie. „Du studierst auch Slawistik?", möchte Lejra wissen.

„Ja, im zweiten Semester. Ich besuche gerade den Kurs über das „Feminine Schreiben".

„Wie toll, ich wollte mich auch dafür einschreiben, doch das hat sich mit einem anderen Kurs überschnitten."

„Wo wohnst du?", horcht Veronika nach.

„In der Nähe vom Frankfurter Tor.", antwortet Lejra. „Dann sind wir ja fast Nachbarinnen!", freut sich Veronika, „allerdings habe ich mich von meinem Freund getrennt vor ein paar Wochen und suche nach einer neuen Bleibe."

„Wirklich? Bei uns wäre noch das Wohnzimmer frei. Wenn du nichts findest, dann frage ich meinen Freund, ob du bei uns unterkommen kannst", schlägt Lejra vor. „Wau, das wäre prima. Dann hätte ich es auch nicht so weit mit dem Umzug."

Veronika zieht bei Felix und Lejra ein. Sie kommt meistens abends nach Hause, verkriecht sich ins Wohnzimmer, um Dostojewskis Brüder Karamasov zu lesen. Lejra lernt mongolisch Vokabeln, ihr Zweitfach. Jeden Morgen gibt es Müsli mit Äpfeln zum Frühstück. Das gemeinsame Essen verläuft langsam und ist von philosophischen Gesprächen geprägt.

Die Wohnung ist kunterbunt. Im Wohnzimmer steht ein Cello. An den Wänden hängen Bilder von Bäumen. Ein kleiner Balkon mit wilden Kräutern. Die Regale voller Bücher. Ein runder Tisch, an dem sie gemeinsam essen und ein Schaukelstuhl. Eine kleine Insel inmitten des hektischen Berlins. Die Katze Lucy, die keine Streicheleinheiten mag. Eine Kiste mit Jonglierbällen.

Lejra und Felix unternehmen Reisen in ferne Länder. Sie übernachten an der Grenze Bulgarien/Türkei, ein Lastwagenfahrer setzt sie dort ab, als es dunkel wird. Er nimmt sie nach einer langen Wanderung durch das Piringebirge mit. Ihre Schuhe sind durchnässt und sie tragen Plastiktüten um die Füße, sie sind hungrig. Sie verständigen sich durch Gesten. Lejra sitzt im hinteren Teil des LKWs, Felix vorne. Bei einem der Haltestopps waschen sie sich die Füße mit Rosenseife und werden eingeladen zu einem Festschmaus. Der Fahrer hat eine mobile Küche dabei und brät ihnen rote Paprikas mit Eiern und Tomaten. Als sie die Grenze überqueren, geht alles sehr schnell und sie finden sich in Istanbul wieder. Die erste Nacht verbringen sie in einem Hostel, dessen Eigentümer abends davor sitzen und Marihuana rauchen. Morgens und abends hören sie den Schrei des Muezzins von den Minaretten. Es ist gerade Fastenzeit. Sie besuchen die Blaue Moschee, die Hagia Sophia und den Bazar. Von da nehmen sie sich eine Packung Hibiskustee mit. Draußen auf der Straße finden sie ein Sofa, auf das sie sich setzen und essen, der Ramadan ist vorbei und sie werden auch von netten Menschen dazu eingeladen mit ihnen zu speisen.

Als sie wieder in Berlin sind, nimmt Felix Lejra mit zu Partys in besetzten Häusern. Doch Lejra ist enttäuscht, weil Felix immer mit anderen Frauen flirtet. Sie erzählt Mathilde davon. Diese tröstet sie. Sie gehen gemeinsam auf Flohmärkte, wo Lejra sich einen alten, roten Schulranzen kauft, den sie als Aktenkoffer benutzt.
Lejra stellt sich immer wieder die Frage, warum sie mongolisch studiert. Sie sehnt sich nach der Steppe, nach ihrer Heimat, Kasachstan, ohne sich dessen bewusst zu sein.
Gegenüber von ihrem Haus ist ein Kiosk, in dem sie ihre Großeltern in Russland anruft. Dabei trinkt sie meistens Limonade.

Lejra ist glücklich mit Felix. Doch sie hat verstanden, dass Felix nur die fröhliche Seite an ihr wunderbar findet. Sie ruft Alex immer wieder an und weint in den Hörer, dass sie ihn vermisst, dass sie füreinander geschaffen seien. Sie macht ihm Vorwürfe, warum er damals nicht wollte, dass sie zu ihm zieht. Nun ist der Zug abgefahren.
Alex bittet sie, wieder zu ihm zurückzukommen, doch Lejra

kann nicht. Sie hat nun ein anderes Leben.

Auf einem Straßenfest lernt sie einen jungen Künstler kennen, der in den Parkanlagen der Stadt übernachtet. Sie lädt ihn ein, bei ihr und Felix zu wohnen. Und überhaupt füllt sich die Wohnung mit weiteren Künstlern. Jeremias, der Pantomime studiert, Jenja, der russische Gedichte mit der Gitarre vertont.

Sie haben das Glück, im Besitz des Schlüssels zum Dach zu sein. Dort musizieren und übernachten sie, machen Yoga. In der Uni besucht Lejra ihren ersten creative writing Kurs. Sie lernt, dass Literatur, Alkohol, Zigaretten und sogar Essen ersetzen kann.

Wenn Lejra Berlin verlässt, um Freunde oder Familie zu besuchen, fährt sie stets per Anhalter. Sie schnappt sich einen Plan mit allen deutschen Raststätten und lässt sich von freundlichen Autofahrern mitnehmen. Auch mit Mathilde macht sie eine Fahrt per Anhalter nach Marseille, in Frankreich. Dort kehren sie in dem Café Elephante Rose ein, wo sie sich in ihrem gebrochenen Französisch mit den anderen Gästen unterhalten. Sie besuchen die Theaterstadt Avignon, betrachten die mittelalterliche Mauer der Stadt und kommen bei einem Pärchen unter, in deren Wohnung einst die Brüder Montgolfier gelebt haben. In der Stadt kauft sich Lejra ein französisches Fischermesser von Opinel. Auf dem Weg zurück nach Berlin, werden sie von einem Saudi namens Mohammed mitgenommen, der ihnen Datteln von der Plantage des saudi-arabischen Königs schenkt und sie bei sich willkommen heißt, er wolle ihnen auch Mekka zeigen, sagt er.

Zuhause in Berlin angekommen, besuchen sie und Felix das Künstlerfest „Berlin Lacht".
Dort sieht Lejra zum ersten Mal ein Teremin, sie ist begeistert von dem Instrument, das von einem Russen erfunden wurde.

An Russland hat Lejra nur vage Erinnerungen, dafür aber an die Zeit, als ihre Familie nach Deutschland umgesiedelt ist.

Irgendwann später kauft sie sich einen Amethyst. Dieser macht sie immer dann wach, wenn ihre Sprache versagt und sich wie eine flüssige Masse auflöst. Ihr Weg führt sie durch traurige, kleine Gassen, wo selbst am Sommermorgen keine Sonne scheint, vorbei an der großen Brücke und über den Spielplatz, rein ins Nebelland. Bewusst werden ihr all die verschnörkelten, bunt-schwarz gefleckten Orte ihrer Seele.

Langsam eignet sie sich die Worte an, Spiegel ihrer Betonwelt. Aneignung der Sprache als gesellschaftliche Geburt bei Lacan, bei Cixous. Warum erinnert sich Lejra an diesen Prozess mit Schmerz? Diese außersprachliche Sphäre, die sie in ihren Träumen nachts lebt, das Unterbewusste spricht auch von der vergessenen Sprache der Vergangenheit.

Die einzelnen Ichs entschlüsseln, ihnen Raum geben, sie als neue Daseinsformen durch neu erworbene Sprache wieder ins Leben rufen, gebären. Nie konnte sie die richtigen Worte finden und an einem grauen Sonntag- Vormittag verstummte sie. Stumm wurde sie, weil sie in einer solchen Sprache nicht an der Diskussion teilnehmen wollte. Ja die Sprache war grob und schwer, sie war kalt und gefühllos und sich dieser Sprache zu bedienen, bedeutete die eigene Identität abzulegen. Und hier verstummte sie voll. Das Schweigen wurde zum Zwang und jeder Versuch es zu brechen, führte zu Selbstverleumdung und Scham, weil da jemand anders sprach.

Später entdeckte sie, dass es andere schöne Worte gab für schöne Dinge. Wie wunderbar Schweigen sein kann, wie heilig und meditativ, weil man die eigene Welt in Gedanken spinnt, ohne sie mit anderen zu verweben. Sie beobachtet gern schweigende Wesen: „Die Birkenlady mit dem Hund trägt ein schwarzes Kleid, als sie das Haus verlässt. Er, ebenfalls ganz in Schwarz, erwartet sie auf der anderen Seite der Straße. Sie schwebt, hört er sich denken. Sie schwebt, ihre Füße berühren den Boden nicht. Sie können ihn gar nicht berühren." Die schöne Schweigende auch in Schwarz, im Seminar. Schön. Sinnlich. Ihr Leidensgenosse, der noch stummer war als sie. Intelligent. Friedlich. Natürlich. An einem eisigen hellen Sonnentag im Winter verliert sie das vor kurzem wiedergefundene Wort: Grenzenlos.

Hallo Welt, atemberaubende, viel versprechende, erschreckende, sich kreisende Überraschung. Wohin führst du mich Leben, fragt sich Lejra. Über Wiesen und Felder, Gassen und Straßen, Räume und Träume. Schenkst mir Gedanken, Aufgaben und immer wieder neue Lektionen. Gibst mir meinen eigenen Kompass, eine beschriebene Karte, nur für mich selbst geschrieben.

Auf einem himmelblauen Vogel fliegt sie. Wohin er fliegt, will er nicht verraten. Doch sein Gefieder schmiegt sich sanft an ihre Haut. Sein Name ist Nimm mich mit eins, Nimm mich mit zwei. Nimm mich mit – Drei Wünsche darfst du dir heute erfüllen. Sie wählt die Reise. Sie ist ihr Solo. In der Ferne leuchtende Häuser. Ein Hin und Her der Gedanken und zwischendrin schlängelt sich die Reise. Zeit, dem Kastanienbaum und seinem Wachstum, seinem Grün in der fremden Sprache Worte zu widmen, in der neuen Hoffnung solche Worte zu finden. Ein bisschen wenigstens. Lieber Baum, Als Kind spreche ich zu dir mit Worten der Erwachsenen. Ich würde so gerne dir näherkommen und mich umarmt fühlen von deinen riesigen, grünen Blättern, deinen Blüten. Danke dir geheimnisvoller Schützling.

Kapitel 6

Lejra ist in der Wohnung und paukt mongolisch-Vokabeln. Sie beschreibt die Tapete mit den fremden Wörtern. Der Himmel draußen ist blau-violett. Das Fenster bietet eine seltene Paysage. Dahinter neue Klänge. Glasklar war der Winter. Heute mischen sich sanfte, neue Töne in diese Klarheit. Die großen Knospen der Kastanie sind grün-rosa. Und jeden Tag werden sie größer. Der Kristall in der sich windenden Spirale wirft viele fröhlicher Sonnenhasen auf die Wände. Die Katze Lucy genießt das heilende Licht der Sonne auf dem Sessel direkt neben dem Fenster. Dieses heilende Licht hält so lange an in den letzten Abenden. Trotz des Regens, dessen Tropfen lange Muster, Wege auf die Fensterscheibe malen – die Künstlerinnen.

Überstanden, wir haben dem Winter Adieu gesagt. Gut wäre ein Abschiedsritual. Ohrensausen, Halskratzen und Nasenbluten. Voll erwischt hat es mich, denkt Lejra. Den ganzen Winter konnte die Kälte mir nichts. Trotz der eisigen Temperaturen im Bad, der Zugluft wegen der undichten Fenster und dem kleinen Holzofen, der sie den ganzen Winter, so gut er konnte, warmgehalten hat. Danke. Eine schöne Zeit zum krank sein hat sie sich ausgesucht. April macht was er will.

Vor dem riesigen Bücherladen in der Friedrichstraße, sitzt häufig eine Akkordeon-spielende Frau. Lejra bemerkt die Lebenskünstlerin bei einem ihrer Spaziergänge. Ihre Melodie klingt immer gleich und immer spielt sie nur die Tasten, ohne Akkorde. Dabei schaut sie den Vorbeigehenden nicht ins Gesicht. Ihr Blick ist immer nach innen gerichtet und strahlt Geborgenheit und Ruhe aus. Vielleicht kann sie sich mit diesem Spiel trösten. Neue Lieder sind nicht notwendig.

Am Abend verbringt Lejra die Zeit auf dem Dach – bis zum Sonnenuntergang. In letzter Zeit ist sie sehr durchlässig geworden und hat das Sprechen verlernt. Das Reden erfüllt sie kaum noch. Ist der innere Monolog ungesund? Einsamkeit ist der Schlüssel. Ihr innerer Monolog ist heilsam.

Die Mongoleireise steht an. Lejra wird die nächsten drei Monate in Ulaanbaatar verbringen, der kältesten Hauptstadt der Welt.

Von Moskau aus nimmt sie die Transsibirische Eisenbahn bis nach Ulan Ude, die Hauptstadt Burjatiens.

Der Zug tuckert im Rhythmus ihres Atems. Sie spielt Karten mit ein paar Soldaten.

Eine junge Frau gesellt sich zu ihnen. Sie kehrt aus Indien nach Hause zurück. Der Zug ist für Lejra eine Zwischenwelt, sie ist weder hier noch dort. Sie ist in Bewegung. Sibirien erstreckt sich vor dem Fenster mit einer Schneelandschaft. Bei den Stationen handeln alte Frauen mit Piroggen und Tee. Sie fahren am Baikalsee vorbei. Lejra kennt den Ursprung seines Namens. Baikal kommt aus dem Mongolischen und stammt von dem Wort Baihgal ab, was so viele wie „Natur" oder „Sein" bedeutet.

An einem sonnigen Montagmorgen erreicht sie die Hauptstadt Burjatiens. Sie steigt aus, mit ihrem großen Rucksack auf dem Rücken. Das erste was passiert, ist dass sie ausrutscht. Der Boden ist glatt und vereist. Doch sie rappelt sich wieder auf.

Wie gut, dass es das Forum Couchsurfing gibt. Über dieses hat sie noch in Deutschland eine junge Frau kennen gelernt. Bei ihr wird sie die nächsten Tage unterkommen. Lejra betritt das Bahnhofsgebäude und findet eine Telefonzelle. Sie wählt Irinas Nummer, die ihr ihre Adresse mitteilt. Lejra nimmt den Bus, der sie zu Irina bringt.

Die nächsten Tage werden für Lejra zu einer Offenbarung. Das, worüber sie so viel gehört hat, ist hier Realität. Im Zentrum der Stadt steht der größte Leninkopf der Welt. Lejra fragt sich, was dieser dort verloren hat. Der Sozialismus ist doch schon längst passé. Dann schlendern die beiden Frauen über den Markt. Sie kaufen Meereskohl und Boozy, ein traditionelles, burjatisches

Gericht – Teigtaschen mit Fleischfüllung.

Irinas Wohnung ist kunterbunt eingerichtet. Im Wohnzimmer steht ein Altar mit Figuren hinduistischer Gottheiten. Auf dem Altar stehen Kerzen und Räucherwerk.
Eine Kette mit Shivas Tränen liegt daneben. „Ich bin überzeugte Hindu", berichtet ihr Irina. Lejra will wissen, was die vorherrschende religiöse Praxis in Burjatien ist. „Lamaismus!", antwortet Irina. „Also wie in der Mongolei – tibetischer Buddhismus.", fügt Lejra hinzu. „Doch es war nicht immer so", erklärt ihr Irina. „Früher wurde hier Schamanismus praktiziert. Mein Opa ist übrigens Schamane."
Als Lejra das hört, kommen die Erinnerungen an die Geschichten ihrer Eltern hoch.
Ihre Mutter erzählte Lejra, dass eine Schamanin sie von vielen Krankheiten heilte. Sie lebte in ihrem Haus in Kasachstan und Lejras Eltern freundeten sich mit ihr an.

Daher die Liebe zur Esoterik, dachte Lejra sich. Ihre Elfenrituale und der Göttinnenkult. Das alles faszinierte sie wahrscheinlich, weil sie sich an die Vergangenheit erinnerte. Damals, in ihrer Jugend, legte sie sich und ihren Freundinnen Tarotkarten. „Irina", fragt Lejra, „kann man hier in Ulan Ude irgendwo noch die Spuren des Schamanismus finden?" „Klar", antwortet Irina. „Zwar wird dieser vor allem auf dem Land praktiziert, doch es gibt hier am Stadtrand ein ethnografisches Museum. Lass es uns morgen besuchen!", schlagt Irina vor.

Es klingelt an der Tür. „Das muss Lilya sein, mein zweiter Gast." Irina geht in den Flur und öffnet die Tür. Eine zierliche, junge Frau mit einer roten Mütze auf dem Kopf, betritt die Wohnung und stellt sich vor: „Hallo, ich bin Lilya!" „Hallo Lilya, ich heiße Lejra. Wie kommt es, dass du hier bist, in Ulan Ude?", fragt Lejra.
Irina bereitet derweil die Boozy zu.
„Ich komme aus Moskau und bin auf der Durchreise nach

Kamtschatka, per Anhalter." Lejra traut ihren Ohren nicht.
Eine junge Frau, allein durch das wilde Russland. Sie erinnert
sich an das Trampen mit Felix, doch eine solch große Distanz
per Anhalter zu fahren, kann sie sich nicht vorstellen. Nachdem die Drei gegessen haben, gehen sie schlafen. Irina bereitet Lejra und Lilya das Bett auf dem Sofa zu. Die beiden Frauen
unterhalten sich die halbe Nacht. In dieser Nacht hat Lejra
einen seltsamen Traum. Plötzlich waren da große Insekten.
Im Traum fiel ihr Kafkas Verwandlung ein. Ein Fliegenpärchen,
händchenhaltend, flog an Lejra vorbei, klein und rund. Ein riesiger, grüner Grashüpfer und eine elegante Libelle. Und auf
dem Gleis gegenüber saß ein dicker Waschbär, das Szenario
beobachtend.
Der Anfang dieser Geschichte ist nicht herauszufinden. Vielleicht ist es der Tag, an dem sie ihr Sternenkleid anlegte, und
so hauchzart bekleidet, in die Polarwelt reiste, über der damals ein dichter Nebel lag.

Lejra wird vom Geräusch des Wasserkochers wach. Die Drei
frühstücken und begeben sich zum ethnografischen Museum. Dieses befindet sich unter freiem Himmel. Sie erblicken
ein riesiges Zelt aus Fellen von Wildtieren. Innen drin steht ein
Tisch mit okkulten Gegenständen. „Das ist das Zelt eines bur-
jatischen Schamanen", klärt Irina die beiden Frauen auf. „So
hat es zumindest früher ausgesehen, bevor die Bevölkerung
sesshaft gemacht wurde."

Lejra ist überwältigt. Sie erinnert sich an Alex und die gemeinsamen Rituale. Am liebsten würde sie ihn anrufen und ihm davon berichten. Doch das kommt nicht in Frage. Sie denkt an
Felix und verspürt ein leichtes Ziehen in der Brust. War es ein
Fehler, Alex zu verlassen?

Sie nehmen Platz in einer Jurte, die in der Nähe des Zeltes
steht und trinken einen Milchtee. „Wie ähnlich die burjati-
schen Traditionen den mongolischen sind!", erkennt Lejra. Sie

fühlt sich wohl in der Jurte. Im Gegensatz zu den rechteckigen Häusern aus Beton und Stein, steht die runde Form der Jurte für den Kreislauf der Natur.

„Die Vorfahren der heutigen Burjaten waren Nomaden", erzählt Irina. „Staatliche und nationale Grenzen spielten dabei keine Rolle, weil allein die Natur vorgab, welche Richtung der Bewegung gewählt wurde.", führt sie weiter aus.

„Ich bin so gespannt, was mich in der Mongolei erwartet", sagt Lejra. „Weißt du, wie ich von Ulan Ude aus am schnellsten nach Ulaanbaatar komme, Irina?"
„Ja klar, schon morgen früh fährt ein Bus bei uns am Bahnhof ab, mit dem Ziel: Ulaanbaatar."
„Gut, den werde ich nehmen. Wie aufgeregt ich schon bin!"
„Das kann ich mir vorstellen!", freut sich Lilya, die selbst nicht weiß, wann sie ihr Ziel – Kamtschatka, erreichen wird.

Nach dem Ausflug begeben sich die drei Frauen zurück zu Irina. Der Abend verläuft gemütlich. Sie schauen sich den Film „Urga" von Nikita Michalkov an. Hier wird Lejra bewusst, dass die Industriegesellschaft an der Zerstörung der Natur Schuld trägt. Sie erinnert sich an Kasachstan. In diesem Land wurde die nomadische Wirtschaftsweise gänzlich ausgerottet. Einige kasachische Familien konnten vor der sowjetischen Okkupation in den Westen der Mongolei flüchten, um dort ihr Dasein als Nomaden weiter zu hegen. Lejra wusste, dass die Sowjets Schuld waren am Hungertod der nomadischen Bevölkerung in Kasachstan, genauso Schuld waren diese auch an der Verbannung ihrer Familie aus der Ukraine nach Kasachstan.
Das hat Lejra bereits herausgefunden.

Am nächsten Morgen bringen Irina und Lilya Lejra zum Busbahnhof. Die drei umarmen sich. „Gute Fahrt und einen schönen Aufenthalt in der Mongolei, Lejra!", wünscht ihr Lilya. „Komm gut an und hab viel Freude in dem Land der Steppen und Kamele!", fügt Irina hinzu. „Danke ihr Lieben. Es war mir eine Freude, mit euch Zeit zu verbringen", verabschiedet sich Lejra und steigt, nachdem sie ihren Rucksack im Gepäckraum verstaut hat, in den vollen Bus.

Nach dem Überqueren der staatlichen Grenze Russland/Mongolei, verändert sich auch die Landschaft. Der Bus tuckert durch eine Steppenlandschaft, in der Lejra tatsächlich das erste Mal in ihrem Leben, Kamele in freier Wildbahn sieht, ebenso Jurten, die in der Landschaft verstreut sind.

Der Bus macht für eine halbe Stunde eine Pause und die Mitfahrenden werden in ein Restaurant am Rande der Straße gebeten. Hier darf Lejra das erste Mal ihre Mongolisch-Kenntnisse unter Beweis stellen. Sie bestellt Huschurs – mongolische Teigtaschen mit Hammelfleisch und eine Sutej-Caj - ein typisch mongolischer Milchtee. Ihr erstes mongolisches Essen – und es schmeckt fabelhaft.

Nach dem Restaurantbesuch durchqueren sie weiter die mongolische Steppe, zwischendurch passieren sie Industrielandschaften, verlassene Häuser und Bahnhöfe.

Es erinnert sie an Russland, an Kalinovka und die brach gelegten Farmen.

Langsam wird Lejra bewusst, dass sie die nächsten Monate in diesem Land verbringen wird. Und sie freut sich darauf.

Der Bus erreicht den Bahnhof Ulaanbaatar bereits bei Abenddämmerung. Lejras Freundin und Kommilitonin, Sandra, holt sie, gemeinsam mit zwei mongolischen Freundinnen, vom Bahnhof ab. Sie schlendern durch die Stadt in Richtung Studentenwohnheim.

Gegenüber von dem Wohnheim steht ein lamaistischer Tempel, in dem jeden Tag die Mönche singen. Sie verweilt oft hier auf einer Bank. Lesend, den Gesängen lauschend, das Wetter genießend. Hier, in der Mongolei, scheint die Sonne fast das ganze Jahr hindurch. Und der Huch-tengri (der blaue Himmel) breitet sich jeden Tag über die Stadt aus.

In der zweiten Woche begibt Lejra sich auf einen Spaziergang durch die Stadt. Sie will den Bus zum Zach (Markt) nehmen und begreift, dass sie sich verlaufen hat. Wie soll sie den Weg zurückfinden. Sie gerät in Panik. Doch sie beschließt nicht die Ruhe zu verlieren und spricht eine junge Frau an, die auf den Bus wartet. Ihr Mongolisch erlaubt ihr ein Gespräch über den Weg oder einen kleinen Smalltalk. Die junge Frau blickt sie erstaunt an. Sie will helfen, doch es kommt kein Gespräch zustande. Als sie jedoch den Namen ihrer Freundin nennt, leuchten die Augen der Unbekannten, die Njamke heißt, auf. „Sandra!", ruft sie. „Bi Sandra medne!" (Ich kenne Sandra) „Ojutny bairyn medeh uu? (Kennst du das Studentenwohnheim?)", fragt Lejra. „Medne (Kenne ich)", antwortet Njamke. Und die beiden gehen eilenden Schrittes Richtung Studentenwohnheim. Dort betreten sie das Zimmer, welches sich Lejra mit Sandra teilt. Als Sandra und Njamke klar wird, dass sie sich von früher kennen, fallen sie sich gegenseitig in die Arme. Es stellt sich heraus, dass Njamke, eine Schönheit, am Rande der Stadt mit ihrem Verlobten lebt. Sie kann wunderbar singen und besucht die Sprach-Fakultät an der Uni. Hier begegnen sich Lejra und Njamke oft zufällig und essen miteinander zu Mittag. Njamke erzählt von ihren Vorfahren, die als Nomaden umherzogen. Selbst ihre Eltern, so Njamke, leben noch als Nomaden. Lejra bewundert Njamke für ihre flattrige, unbeschwerte Art. Ihr Blick auf die Welt gefällt ihr. Sie ist wie eine mongolische Herrscherin, geschmückt mit dem schönsten Schmuck und gekleidet in den festlichsten Deel (mong. trad. Kleidung). Wenn sie spricht, ist es für Lejra ein Hochgenuss ihr zu zuhören. Die Melodie tanzt so vor sich hin...die vielen Konsonanten klingen weich, wenn sie diese ausspricht. In Njamkes Jurte, als Lejra sie besucht, herrscht strengste Ordnung, alles steht an seinem Platz, das Bett, die Kisten, der Ofen in der Mitte. Durch den Dachkranz dringt das Licht ein. Sie trinken Milchtee und erzählen sich Geschichten. Njamkes handeln von Kamelen, die selbst die stärksten Winterstürme überstehen. Sie erzählt es mit so viel Begeisterung, so bildhaft, dass man meint, Teil der Steppe zu sein, mit den Tieren von Weide zu Weide zu ziehen, ständig an der frischen Luft zu sein, nachts den Sternenhimmel zu beobachten, der hier viel klarer ist, tagsüber sich an der Bläue des Himmels zu erfreuen. Damit und mit weiteren Erzählungen begeistert Njamke ihre Freundin.

Die Zeit fliegt. Lejra besucht mit ihren Kommilitonen ein Reiterdenkmal, das mitten in der Steppe steht – Dschingis Khan zu Ross. Es wirkt so surreal, denkt Lejra. Majestätisch und erhaben. Sie staunt über den Gedanken, dass es das größte Reiterdenkmal der Welt ist. Die Mongolen sind stolz auf ihre Geschichte als Nomaden und auf ihren Vorvater Dschingis Khan. Der Kontrast zwischen der weiten Steppe und dem Reiter prägt sich in Lejras Erinnerungen ein.

Eine weitere Reise geht an die tuwinische Grenze, zu einer Fichte, in der der Geist eines Schamanen lebt. Sie erreichen den Ort in der Morgendämmerung. Der Baum ist behängt mit bunten Tüchern. Vor ihm steht ein Altar, auf dem sich Opfergaben wie Milch, Tee, Wodka uns Chihermiher (mong. Süßigkeiten) befinden. Um den Baum herum sind weitere Bäume, die geschmückt sind mit blauen Tüchern und Fahrradreifen, ebenfalls zur Ehre von Naturgeistern.
Lejra und ihre Freunde sind nicht die einzigen, die gekommen sind, um dem Ritual beizuwohnen. An der Zeremonie nehmen auch hunderte weitere fröhliche Menschen teil, die meisten gekleidet in Deels (mongolische traditionelle Bekleidung). Doch die Hauptattraktion der Zeremonie sind die vielen Schamanen. Sie sind gekleidet in bunte Roben mit Tiermotiven – Bären, Wölfen und Adlern. Auf ihren Köpfen sind Mützen mit Federn. Die Schamanen tanzen um den Baum. Sie spielen Trommeln und fallen in Trance. Lejra fühlt sich wie hypnotisiert. Auch sie tänzelt um den Baum, fühlt sich als Teil der Zeremonie. Nach dem Ende der Zeremonie begeben sich Lejra und ihre Kommilitonen auf den Weg zurück nach Ulaanbaatar.

68

Am nächsten Tag besuchen Lejra und Sandra den Gajdan -Hijd – einen großen lamaistischen Tempel. Sie bestaunen die Arbeit der Mönche, die orange Roben tragen. Es entsteht ein großes Mandala, ein Mosaik aus buntem Sand. Dieses steht für die Vergänglichkeit des Lebens. Nach der Vollbringung des Mosaiks, wird es zerstört.

Lejra hört dem Gesang der Mönche zu: om mani padme hum und summt mit. Das Mantra ist ihr bereits bekannt aus dem tibetischen Kloster in Berlin, in dem sie ab und zu meditierte.

Sandra, die sich besser mit der Geschichte der Mönche aus-kennt, erzählt Lejra von deren Vergangenheit. Zur Zeit der Sowjetischen Invasion, als propagiert wurde, dass Religion Opium fürs Volk sei, wurden viele Mönche getötet. Die mon-golischen Archive sind offen und man kann die Folgen der sowjetischen Macht auf Papier nachlesen. Ist Lejra deshalb in die Mongolei gereist? Um die barbarischen Handlungen der Bolschewiki zu erkennen. Diese wüteten auch in Kasachstan, wo sie geboren wurde. Ihre Urgroßeltern praktizierten ihre Re-ligion im Geheimen und haben sie bis heute erhalten.

Im Souveniershop direkt neben dem Kloster handelt man auch mit okkulten Gegenständen. Lejra kauft Gebetsketten, einen Anhänger mit dem Bild der Grünen Tara und eine tibe-tIsche Glocke.

Auf dem Rückweg gehen sie an einem Beatles-Denkmal vor-bei. Lejra staunt. Die Beatles waren zwar nie in der Mongolei gewesen, doch hörte man auch ihre Musik. Lejra muss an ihre Katze Lucy denken, die nach einem Lied der Beatles benannt wurde: Lucy in the sky with diamonds. Bald würde sie diese wieder sehen.

Das Studium ist abgeschlossen und bereits am nächsten Tag

geht der Flieger zurück nach Berlin. Lejra verlässt das Land, das ihr auch vieles über sie selbst offenbart hat.
Adieu Ulaanbaatar, kälteste Hauptstadt der Welt. Mit dem Gedanken an die weiten Steppenlandschaften schlummert Lejra ein.

Kapitel 7

Lida mit den Kornblumenaugen saß im Zug und wusste nicht wohin er fährt. Zusammen mit der Familie verließ sie die deutsche Kolonie am Fluss Kuban. Auf Befehl des Soldaten. Auf Befehl Stalins. Durch die Steppe fuhren sie. Ein kleines Fenster. Dadurch konnten sie Kamele sehen. Wo sie waren, wusste sie nicht. Himmel und Erde waren noch da. Das wusste sie.

Lida ist Lejras Großmutter mütterlicherseits. Sie kocht die besten Strudli der Welt. Zu Ostern backt sie bunte Küchlein. Sie liebt den Wald. An die Geschichte von Verbannung und Flucht will sie sich am liebsten nicht erinnern.

Lejras Wissensdrang führt sie jedoch in die Vergangenheit ihrer Großmutter Lida.
War es ein Zufall, dass ihre Fahrradreise genau an die Orte ging, wo sich die Geschichte der Kindheit ihrer Großmutter abspielte?

Lejra, Felix und drei weitere Freunde wagen die Reise in die Ukraine und nach Südrussland. Was sie dort erwarten wird, ahnen sie noch nicht. Sie packen ihre Fahrräder in den Zug, der sie in die Ukraine bringen soll. Dort wartet bereits eine Gruppe von Künstlern auf sie, direkt am Ufer des Azowschen Meeres.

Sie erreichen die Freunde in der Nacht. Das Aufwachen am

Morgen – ein Gedicht. Ein Blick auf das Meer. Dazu im Kontrast ein riesiges Sonnenblumenfeld. Alles leuchtet. Der Himmel blau-grau. Die Zelte stehen im Kreis. In der Mitte ein Lagerfeuer. Ein Topf mit Brei und Blaubeeren. Ein Ukulele-Klang. Danach die Geige. Das Musizieren in der Natur bereitet Freude. Alles wirkt surreal. Irgendwie utopisch. Bukolischer Chronotopos. Die Zeit steht still. Dann geht sie langsam. Dann steht sie wieder still. Lejra träumt. Sie fühlt sich wie im Garten Eden. Sie hat ihr Akkordeon dabei. Ihr Fahrrad, auf dem sie dieses transportiert, nennt sie Baba Jaga.

Die Gruppe trennt sich in Rostov am Don. Lejra, Felix und drei weitere Freunde begeben sich in Richtung Anapa, am Schwarzen Meer. Das Fahrrad ist kein Rind. Es ist kein Pferd. Das Fahrrad besteht aus Eisen. Auf ihm transportieren sie ihr Gepäck und die Musikinstrumente.

Lejra erinnert sich:

„Felix!", sagt sie begeistert. Ich glaube wir befinden uns in der Nähe der ehemaligen deutschen Kolonie Michaelsfeld. Das Dorf heißt heute Dzhiginka. Dort wurde meine Oma geboren. Ob wir dieses besuchen können?"

„Klar! Finde heraus, ob dort noch jemand von deiner Familie lebt!", antwortet Felix.

Lejra nimmt ihr Handy und wählt die Nummer ihrer Eltern.

„Hallo?", nimmt der Vater den Hörer ab.

„Papa, Lejra hier. Wir sind wohlauf. Unsere Reise führte uns an den Fluss Kuban. Und ich erinnere mich, dass Dzhiginka irgendwo in der Nähe ist. Weißt du, ob wir da noch Verwandtschaft haben?", fragt Lejra neugierig.

„Ja, haben wir. Bzw. deine Mutter. Ich weiß, dass eine Großcousine von dir in Dzhiginka lebt. Ich werde Mama bitten, dir ihre Nummer zu schicken."

„Danke!", antwortet Lejra mit Schwung.

„Gerne Lejra. Gute Reise euch!"

Marina, Lilya und Verena, die Mitreisenden schauen gespannt

auf Lejra.

Verena fragt neugierig: „Wie kommt es, dass deine Großmutter nicht mehr in Dzhiginka lebt?"

„Meine Großmutter wurde zwar dort geboren. Doch als sie sieben Jahre alt war, wurde sie mit ihrer Familie nach Kasachstan verbannt. Das war im Jahr 1941.", antwortet Lejra.

„Und ihr Leben in Kasachstan. Wie war es dort?", möchte Marina wissen.

„Was erzählte sie mir von Kasachstan? Dass sie die ersten drei Monate in Baracken gelebt haben. Ihre Eltern arbeiteten in der Trudarmija im Wald. Aber lass uns später darüber sprechen, wenn wir bei meiner Großcousine sind. Sie weiß da sicher mehr", antwortet Lejra.

In dem Augenblick klingelt ihr Handy. Lejra liest den Freunden die Nachricht vor: „Liebe Lejra. Deine Großcousine Sophia lebt noch mit ihrer Familie in Dzhiginka. Ich habe sie wissen lassen, dass ihr in den nächsten Tagen bei ihr vorbeikommt. Sie freuen sich auf euch. Deine Mama"

„Juhu!", ruft Felix.

„Das ist wirklich klasse!", antwortet Marina. „Dann lernen wir bald deine Familie kennen."

Sie fahren an Weinbergen vorbei und suchen Schutz vor Regenfällen unter den Dächern von bunten Bushäuschen. Deren Wände tragen noch die Mosaiken aus der Sowjetzeit. Pferde, Kosmonauten und Raketen sind darauf abgebildet. Während der Regen fällt, musizieren sie. Als er aufhört, fahren sie weiter. Alleen mit Ahornbäumen. Am Wegesrand sitzen Männer, die mit Honigmelonen handeln. Frauen, die Piroggen anbieten. Der Himmel über ihnen ist azurblau. Alles ist voller Harmonie.

Lejra erinnert sich an die Wohnung ihrer Großmutter Lida. Neben dem Porzellanschwan in einem Schrank, stehen Bücher. Einige davon handeln vom Gulag. Lejra hat ihre Oma schon oft mit einem solchen Buch in der Hand beobachtet. Und sich gefragt, ob sie versteht, was sie liest. Ob sie es besser versteht als Lejra. Weil sie die Geschichte kennt. Weil ihre Familie sie erlebt hat. Und deswegen wird die Sprache überflüssig. Weil sich das Erlebte in die Sprache eingebrannt hat. Und ihre Oma, die so langsam liest, gar nicht zu lesen braucht, sondern das Buch nur zu öffnen, um zu verstehen. Sie erinnert sich. An die Zugfahrt, monatelange Fahrt im Viehwaggon nach Kasachstan, ohne zu wissen wohin. Sie erinnert sich an die Ankunft und an die Baracken. Lejra erinnert sich nur an die Zeit danach, viel später. Sie ist die Überlebende. Die Zeit ist die Überlebte. Schwarze Erde, auf der sie schliefen. Und in der Mitte des Hauses stand ein Ofen. Wie die Zeit die Spuren verwischt. Eine Umsiedlung nach der anderen.

Exkurs in die Geschichte der Familie Albert

An dem Fluss Kuban im Gebiet Krasnodar, lebte eine junge Familie namens Albert, deren Vorfahren sich hier vor zweihundert Jahren angesiedelt haben. Diese kamen aus dem Schwabenland, aus dem kleinen Örtchen Bad Göppingen. Ihnen wurde Freiheit und Land versprochen, und zwar von keiner anderen als von Katharina der Großen. So brachen die Vorfahren mit einer Karawane und anderen Familien, die ihre Heimat verließen, auf und siedelten sich, nachdem sie einige Jahrzehnte in Bessarabien gelebt hatten, im Dörfchen „Michaelsfeld" am Fluss Kuban an. 1893 wurde das Dorf In „DschIgIns-koe" umbenannt.

Die Jahre vergingen, Kriege wurden geführt, doch das Leben der Deutschen in Russland verlief friedlich. Es war eine kleine Insel, auf der sie lebten und ihre deutschen Traditionen pflegten. In der Mitte des Dorfes stand die evangelisch-lutherische Kirche. Ein paar Meter weiter die Schule. Es gab Metzger, Handwerker, und sogar eine Apotheke im Dorf.

Lida, die jüngste Tochter, liebte es im Fluss zu baden, sie unterhielt sich mit ihren Freunden auf Deutsch, dies war die Amtssprache der kleinen deutschen Kolonie. Ihre älteren Geschwister, Oskar und Bella, besuchten die Dorfschule. „Bella, Lida, geht zum Müller und bringt mir zwei Kilogramm Mehl, ich werde Strudli kochen", sprach die Mutter Gisel zu ihren Töchtern Bella und Lida, die damals erst vier Jahre alt war.

Bella passte stets auf Lida auf, während Oskar mit den Dorfjungs spielte. Die beiden Mädchen torkelten die Dorfstraße entlang zur Mühle, neben der der Müller mit seiner Frau lebte. „Könnte ich bitte zwei Kilo Mehl haben?" fragte Bella schüchtern.
Der Müller wog das Mehl ab und schüttete es in den dafür vorgesehenen Beutel, den die Mädchen mitgebracht hatten. „Die Bezahlung kläre ich mit eurer Mutter ab. Sie hatte mir noch Wein versprochen." Das Dorf war nämlich von Weinbergen umgeben, und die Eltern Lidas und Bellas waren erfahrene Winzer. Zur Weinernte füllten die Eltern über hundert Flaschen Rotwein, welchen sie dann im Dorf gegen Mehl und Honig tauschten. Milch bekamen sie von ihren eigenen Kühen, welche die Mutter und Bella immer gemeinsam melkten.

Zuhause angekommen, gaben die beiden Mädchen ihrer Mutter, die gerade Kartoffeln kochte und die Sauce für den Teig zubereitete, den Sack mit Mehl. „Ihr seid aber schnell wieder da!", sagte die Mutter. „Wir haben uns diesmal nicht von den Libellen aufhalten lassen", schmunzelte Bella. Die beiden Mädchen liebten es nämlich, die grazilen Insekten am Teich auf dem Weg zur Mühle zu beobachten. Diese hielten sich stets an diesem Gewässer auf und erinnerten die Kinder an kleine Elfenwesen.

„Nun denn, geht raus spielen. Die Strudli werden in einer Stunde fertig sein. Ich rufe euch dann mit der Essensglocke. Die Mädchen liefen raus, um auf den Schaukeln am Sportplatz zu schaukeln. Sie erzählten sich Geschichten, Lida die Kleine konnte noch nicht lesen und Bella die Ältere erzählte ihr spannende Geschichten über ihre Vorfahren, welche sie in der Schule gelernt hatte: „Stell dir vor, mit Rindern und Kühen sind sie aus dem Schwabenland den langen Weg hierhin gefahren!"

„Oha!", wunderte sich Lida als soeben die Essensglocke klingelte, die man gerade so vom Sportplatz hören konnte.

Die Familie, das heißt Gisel, die Mutter, der Vater Emanuel und die drei Kinder, versammelten sich in der Küche am Essenstisch. Lida achtete nicht auf die anderen und aß die Teigrollen mit den Händen, die Sauce aus Möhren und Tomaten nach löffelnd. Die Mutter ergriff das Wort: „Liebe Kinder. Vater und ich haben euch etwas mitzuteilen. Ihr bekommt ein Geschwisterkind, in fünf Monaten ist es so weit." Der Vater aß weiter, ohne die Mutter zu unterbrechen. Er nickte mit dem Kopf und berührte seinen Schnurrbart. Als die Kinder die Nachricht hörten, sprangen sie vom Tisch auf und hüpften tanzend im Raum, so groß war die Freude.
Nach dem Essen ging jeder in sein Zimmer, Bella und Lida teilten sich eines, Oskars Zimmer war eine alte Besenkammer, die zu einem kleinen Schlafzimmer umfunktioniert wurde.

Es vergingen langsam die Monate und die kleine Schwester mit dem Namen Ronja kam zur Welt. Es verging gerade das Jahr 1938 und das Leben in Dschiginskoe, das zu Dschiginka umbenannt wurde, veränderte sich. Überall verschwanden Menschen, grundlos, ohne Erklärung. So auch eines Tages der Vater Emanuels, Richard.
Er wurde eines Tages von Rotarmisten abgeholt und man sah ihn nie wieder. Später erzählte man sich, dieser sei in Magadan erfroren.

Auch die Kirche wurde geschlossen und zu einem Klub der Kulturen umfunktioniert, wo jetzt wöchentlich politische Versammlungen abgehalten wurden.

Gisel, die Mutter der Kinder hatte kein Interesse daran. Sie lebte lieber in den Tag hinein, kochte und machte sich Sorgen um ihre Kinder. Zu dieser Zeit gab es immer weniger Essen, die Milch hatten sie an die Kolchose abzugeben, das Gemüse, welches sie ernteten, ebenfalls.

Die Kinder, welche zur Schule gingen, bekamen nicht viel mit, doch es näherte sich der Sommer des Jahres 1941. Am Abend eines lauwarmen Julitages klopfte jemand an die Tür der jungen Familie.

Emanuel, der Vater, öffnete diese und sah einen russischen Soldaten vor ihm stehen.

„Morgen früh steht ihr fahrbereit am Bahnhof von Dschiginka. Ihr dürft nichts mitnehmen, nur etwas zu Essen und ein paar Decken. Keine Wertgegenstände, kein Geschirr, keinen Schmuck, keine Spielsachen.

Nun war es also so weit. Wohin man sie bringen sollte, hat der Rotarmist nicht erklärt. „Schnell handeln muss ich jetzt", dachte Emanuel und schlachtete sofort ein Schaf, dessen Fleisch er kochte und mit seiner Frau in Taschen verpackte. Gisel backte die ganze Nacht lang Brot, schließlich wussten sie nicht, wie lange die Fahrt dauern würde. Die Kinder wurden zum Schlafen in ihre Zimmer geschickt.

Am nächsten Morgen stand die Familie am Bahnhof des kleinen Ortes, mit ihr andere Familien, auch Lidas Kindergartenfreundin mit ihrer Familie – Gerda, die Lida fünfzig Jahre später in Deutschland wieder treffen würde, doch davon ahnte sie nichts.

Der Zug fuhr ein, es war kein Zug für Passagiere, sondern ein Vieh – bzw. Güterwagon.

Die Familien betraten diesen, einige Taschen hatten sie abzugeben, doch das Brot und das Fleisch durften sie behalten. Sie erschraken als sie das Innere des Zugwaggons betraten.

Es gab keine Bänke, sie mussten also auf dem Boden sitzen. Der Wind pfiff durch die Lücken der Fenster und als Klo diente ihnen ein Loch im Boden des Zuges.

Wohin die Fahrt gehen sollte, teilte ihnen niemand mit. „Einsteigen!", rief ein Soldat. Gisel hielt ihre kleine Tochter Ronja, die gerade mal zwei Jahre alt war, Lida, Oskar, Bella stiegen als nächstes ein. Zuletzt der Vater Emanuel.

Der Zug startete.

Nach zwei Wochen Fahrt gingen ihnen die Nahrungsmittel aus, man gab ihnen Kartoffelschalen zu essen und Brotkrusten. Das alles vertrugen zwar die älteren Kinder, jedoch nicht die kleine Ronja, und so mussten die Eltern und ihre Geschwister dabei zusehen, wie ihre kleine Tochter bzw. Schwester verhungerte.

Das Schicksal traf nicht nur Ronja, sondern viele anderen Kleinkinder, die auf diesem schweren Weg Richtung Nirgendwo fuhren.

Nach Monaten Fahrt kamen sie in der Steppe an. Dies wurde ihr neuer Lebensraum. Als sie aus dem Zug stiegen, war gerade Anfang Herbst und die Kälte machte ihnen zu schaffen. Alle um sie herum, die Soldaten, aber auch die Bewohner des Städtchens Zyrjanowsk, welches die nächste Stadt war, sprachen russisch und sie verstanden kein Wort.

Die ersten Monate wurden in den Häusern von russischen Familien angesiedelt. Manche wollten ihre Häuser mit den Fremden nicht teilen, andere freuten sich über den Kontakt mit den Deutschen, galten diese ihnen doch als Staatsfeinde. Nach einiger Zeit bekam jede deutsche Familie eine Baracke. Sie ernährten sich von Abfällen und Kartoffelschalen. Die Erntezeit war bereits vorbei und es gab kein Gemüse. Wenn sie Glück hatten, schenkte man ihnen ein Fass Milch.

Doch sie lebten nicht lange darin. Der Vater Emanuel wurde nach Sibirien (Anadyr) verbannt, die Mutter in die Trudarmija geschickt mit anderen Frauen. Den Kindern blieb es nur noch, in einem Internat zu leben: „Ihr müsst nun auf euch gegenseitig aufpassen", sprach die Mutter. „Seid freundlich und höflich zu euren Erzieherinnen. Wir sehen uns bald wieder." So vergingen Jahre harter Arbeit, die Deutschen lernten russisch und hatten das Gefühl, für immer zur Arbeit verdonnert worden zu sein. Doch es kam die Zeit des Tauwetters und den Deutschen wurde die Freiheit überlassen, sich an einem Ort ihrer Wahl anzusiedeln.

Die Familie Albert zog in den Süden Kasachstans, man versprach ihnen fruchtbares Land und ein gutes Klima. Dort angekommen, wurde sie von den Einheimischen gut aufgenommen. Sie siedelten in einem Dorf namens Ujuk, wo sie gemeinsam mit russischen und kasachischen Bewohnern lebten. Hier begann eine neue Zeit für die nun als „Russlanddeutsche" bezeichnete Familie. Doch um das zu erzählen, muss eine neue Geschichte begonnen werden.

Und da sehen sie schon das Schild, auf dem „Dzhiginka" steht. „Wir sind da!", ruft Felix laut.
„Nun müssen wir nur noch das Haus von Sophias Familie finden", freut sich Lejra.
Die fünf Freunde fahren an dem Schild vorbei. Bereits am Dorfanfang wartet ein junges Pärchen auf sie. Die Frau ruft ihnen zu. „Hallo Leute. Willkommen in Dzihginka. Ich bin Sophia, Lejras Großcousine." „Hallo Sophia, ich bin Lejra!", ruft Lejra laut.
Die beiden jungen Menschen haben einen Roller dabei und bitten die Freunde, ihnen zu folgen. Langsam fahren sie dem Roller hinterher und kommen bei einem kleinen, idyllischen Häuschen an.
„Hier wohnen wir", sagt Sophias Mann Arthur. „Fühlt euch wie zuhause!" Das Häuschen ist umgeben von einem kleinen Gar-

ten. Hier stellen die Freunde ihre Zelte auf.

„Kommt herein, ich habe Strudli gekocht, ein schwäbisches Gericht. Wir bewahren die Traditionen unserer Vorfahren", erklärt ihnen Sophia.

Der Tisch im Wohnzimmer ist reich gedeckt: Strudli, Teigrollen mit Kartoffeln stehen auf dem Tisch, schön angerichtet auf einem Tablett. Daneben verschiedene Salate aus roter Beete und Möhren. Geschnittene Honigmelonen und Wein aus eigenem Anbau.

Es wird geredet und gelacht. Bis in die Nacht. Lejra erinnert sich an ihre Großmutter und stellt Sophia schüchtern eine Frage: „Sophia, ich würde gerne mehr über die Geschichte von Oma Lida erfahren. Kannst du mir davon erzählen?"

„Klar. Am besten wir machen morgen einen Spaziergang durch das Dorf und gehen im kleinen Museum vorbei. Dort wird alles genau geschildert", schlägt Sophia vor.

„Gerne!", freut sich Lejra.

Am nächsten Tag wachen alle in der Frühe auf. Nach dem Frühstück begeben sich Lejra, Felix und Sophia in das Dorfmuseum. Sie gehen an ein paar Schaukeln vorbei und lassen sich dort für eine Weile nieder. Im Museum angekommen, werden sie von einer freundlichen Dame empfangen, die ihnen die Geschichte des Dorfes näher bringt.

„Herzlich Willkommen im Museum der Russlanddeutschen von Dzhiginka. Die meisten von Ihnen leben nicht mehr hier. Doch wir haben es uns zum Ziel gemacht, ihre Geschichte zu bewahren und an die Nachkommen weiterzugeben."

„Mich interessiert vor allem die Geschichte meiner Großmutter Lida. Ihr Mädchenname ist Albert."

„Dann wird sie die Tochter von Emanuel Albert sein. Du hast Glück. Wir haben hier im Museum das Tagebuch Emanuels, der seine und die Geschichte seiner Nächsten, niedergeschrieben hat", antwortet die Museumsführerin.

„Wirklich? Kaum zu glauben. Ich möchte unbedingt davon erfahren", sagt Lejra neugierig.

„Wie ihr sicherlich schon wisst, wurden die Deutschen von Katharina der Großen nach Bessarabien eingeladen. Weil, dort die Böden nicht fruchtbar waren, verließen die Siedler das Gebiet und zogen an das rechte Ufer des Flusses Kuban. Das war im Jahre 1817, wie Emanuel schreibt. Sein Vater, Richard Albert, wurde in Michaelsfeld geboren. Doch im Zuge des roten Terrors wurde er nach Magadan verbannt. Er kam nie wieder zurück. Emanuil wurde 1903 ebenfalls in Michaelsfeld geboren. Seine Ehefrau Gisel, ein Jahr später, im selben Dorf. Deine Großmutter Lida ist das dritte Kind des Ehepaares Albert", erzählt die Dame. „In den zwanziger Jahren okkupierte die Rote Armee das Gebiet um Michaelsfeld, das nun Dzhiginka hieß. Sie nahm der Dorfbevölkerung die besten Pferde weg. Als im Winter das Azowsche Meer gefroren war, nutzten die Rotgardisten die Möglichkeit über das Eis zu fahren und das Dorf Dzhiginka zu erreichen", führt sie weiter aus.

Lejra, die mit ihren Freunden das Gebiet um das Azowsche Meer bereist hat, stellt sich vor, wie es in jenem Winter ausgesehen haben muss. Sie fröstelt bei der Vorstellung. „Wie ging es danach weiter?", möchte sie wissen. „Deine Großmutter Lida kam im Jahr 1934 zur Welt, ein Jahr nach der großen Hungersnot. Trotz guter Ernte hat man den Bauern Brot und Korn weggenommen. Die Rettung war der Fisch des Flusses Kuban. In den Jahren 1937/38 begannen die Arreste in der Gegend, auch in Dzhiginka. Die meisten kehrten nie wieder zurück. Auch Lida und ihre Familie wurden verbannt. Ihre kleine Schwester Ronja überlebte die Zugfahrt nicht und wurde am Ankunftsort in Zyrjanovsk, Ostkasachstan, beerdigt."

„Das ist furchtbar", sagt Lejra, die jetzt erst erfährt, was ihrer Familie widerfahren ist. „Wie war das Leben in Ostkasachstan?", möchte sie wissen.

„Die Familie lebte in einem kleinen Zimmer. Die Männer und Frauen wurden in die Trudarmija entsandt. Die Familien hatten kein Brot, keine warme Kleidung. Man erzählte, dass sie sich von Kartoffelschalen ernährten. Viele starben an Hunger und Kälte."

„Wie beschreibt Emanuel die Zeit in der Trudarmija in seinem Tagebuch?", fragt Lejra vorsichtig.
„Er schreibt, dass er sich nur an den Himmel und den Wald erinnert. Es gab dort keine Felder und Flüsse – nur eine Waldlandschaft. Die Arbeit war hart. Zweimal am Tag gab es Suppe und 300 Gramm Brot. Wenn man das Arbeitspensum nicht erreicht hat, gab es kein Essen."

„Wie haben sie es nur geschafft zu überleben?"
„1943 kehrten deine Urgroßeltern aus der Trudarmija zurück. Emanuel bekam eine Arbeit als Gärtner. Im Winter arbeitete er als Wächter. Nach Stalins Tod entspannte sich die Lage. Die Familie zog nach Dzhambul, in den Süden Kasachstans. Sie ließen sich dort nieder, bauten Mais, Kartoffeln und Kürbisse an. Außerdem beschäftigten sie sich mit dem Anbau von Wein", berichtet die freundliche Dame.

Lejra liest einige Zeilen des Tagebuches: „Die Winter sind eisig. Väterchen Frost erscheint und es fällt der erste Schnee. Im Frühling kehren die Schwalben in ihre Nester zurück. Die Sommer sind heiß und mit starken Regengüssen."
Lejra kann sich vor ihrem geistigen Auge genau vorstellen, wie ihre Vorfahren damals lebten, als Bauern mit dem Kreislauf der Natur. Doch sie will genauer wissen, wie es damals war und beschließt ihre Großmutter Lida zu befragen, wenn sie von der Fahrradreise zurückkehrt.

Die fünf Freunde treten den Rückweg an. Sie verabschieden sich herzlich von ihren Gastgebern und begeben sich diesmal mit den Bummelzügen nach Kiew, von wo aus sie der Zug zurück nach Berlin bringt. In Deutschland angekommen, besucht Lejra ihre Großmutter Lida und berichtet ihr, was sie auf ihrer Reise herausgefunden hat. Doch sie möchte mehr erfahren: „Oma, erzähl mir doch von deinem Leben in Dzhiginka!", fragt Lejra selbstsicher.

„Ah Lejra. Es ist doch schon so lange her. Doch ich werde versuchen mich zu erinnern. Dziginka war wie eine kleine Insel. Meine Vorfahren lebten dort und bewahrten ihre deutschen Traditionen. In der Mitte des Dorfes stand die evangelisch-lutherische Kirche. Ein paar Meter weiter die Schule. Es gab Metzger, Handwerker, und sogar eine Apotheke im Dorf", erzählt Lejras Oma.

„Und wie verbrachtet ihr Kinder die Zeit dort?!", möchte Lejra wissen.
„Ich liebte es im Fluss zu baden. Meine Geschwister Oskar und Bella besuchten die Dorfschule. Bella passte auf mich auf. Wir gingen oft zur Dorfmühle, um unserer Mutter Mehl zu bringen. Wir liebten es, bei dem Weg zur Mühle, Libellen zu beobachten, die über den Teich am Wegesrand flogen. Bella erzählte mir immerzu von unseren Vorfahren."

„Was denn genau?", fragt Lejra ihre Großmutter.
„Stell dir vor, Lejra, mit Rindern und Kühen sind sie aus dem Schwabenland den langen Weg nach Russland gefahren."
„Das ist kaum vorstellbar", antwortet Lejra.
„Im Jahre 1938 wurde Michaelsfeld in Dzhiginka umbenannt. Überall verschwanden Menschen, grundlos, ohne Erklärung. So auch eines Tages der Vater meines Vaters, mein Großvater. Er wurde eines Tages von Rotarmisten abgeholt und man sah ihn nie wieder. Später erzählte man sich, er sei in Magadan erfroren."
„Das hat man mir bereits im Museum in Dzhiginka erzählt. Ich kann mir das gar nicht vorstellen. Es muss eine schlimme Zeit gewesen sein."
„Ja, das war es. Auch die Kirche wurde geschlossen. Und im Winter des Jahres 1941 wurden wir in die Verbannung ge-

schickt. Wir durften nichts mitnehmen, nur zu Essen und ein paar Decken.
Der Zug startete."

Kapitel 8

Lejra verbrachte vier Jahre ihrer Kindheit in Kalinovka. Sie liebte ihr Dorf und freute sich im Winter über die Eiszapfen auf den Häusern. Es schien ihr, als würden diese auf ein Rendezvous mit dem Frühling warten. Sie liebte es auch, die ersten Schneeglocken zu beobachten und den Eistau im Frühling. Es kam ihr vor, dass mit dem Tauen des Eises auch Verborgenes auf die Oberfläche kam. Eine verborgene Sprache. Auch die Schneeflocken sagten Adieu. Knospen, Weidenkätzchen zeigten sich auf den Bäumen. Sie schnappte sich gerne ihre Hündin Dinga und ging mit ihr in den Wäldern spazieren. Später im Frühling, wenn der Flieder blühte, verirrte sie sich mit ihrer Schwester im Wald und wurde von einem starken Gewitter überrascht. Sie versteckten sich unter einem Fliederbusch, bis ihr Vater sie fand und mit nach Hause nahm. Vor Ostern fand sie dann die ersten Schokoladenhasen im Schrank ihrer Mutter. Die mit den Glöckchen. Diese würde sie immer in Erinnerung behalten und später auch selbst wieder entdecken.

Im Sommer füllte sich das Flussufer mit fröhlichen Kindern. Auch Lejra war dabei und badete in dem kleinen Dorffluss. Außerdem ging sie gerne wandern und sammelte Sauerampfer, den die Mutter für eine Suppe verwendete. Die Nachmittage verbrachte sie mit ihren Freunden bei den alten Autoreifen neben ihrem Haus. Die Kinder grübelten gerne und träumten vor sich hin. Manchmal gingen betrunkene Männer des Dorfes an ihnen vorbei. Doch die Kinder ließen sich nicht von ihnen irritieren. Sie hofften und träumten nur davon, dass sie eines Tages nicht dasselbe Schicksal haben werden.
In den Sommerferien kam auch Lejras Oma Lida aus Deutsch-

land zu Besuch. Sie brachte ihnen bunte Pralinen und Bonbons mit. Lejra liebte die Süßigkeiten, bis auf die Lakritze. Sie konnte nicht verstehen, wie man so etwas essen konnte.

Sie fuhren mit der ganzen Familie zum See, wo sie Schaschlik machten. In dieser Zeit blühten auch die Gärten. Küken schlüpften und Kätzchen kamen zur Welt. Auch Lejras Cousine kam aus Deutschland zu Besuch. Das war der Höhepunkt des Sommers. Lejra bewunderte sie. Sie verbrachten viel Zeit auf dem Heuboden. Karina hatte Mickey-Maus-Ohrstecker, die Lejra besonders schön fand. Außerdem bunte Leggins und Shirts mit Märchenfiguren. Sie gingen auch gemeinsam im Hexenwald spazieren, wie Lejras Großvater den Wald nannte. Bis in die Nacht saßen sie im Garten und lauschten dem Bellen der Dorfhunde, beobachteten die Sterne und tranken selbstgemachten Kompott.

Im Herbst verabschiedeten sich die Störche und die Heuernte begann. Sie übernachteten auf dem Heuboden. Hühnergackern, Schweinegrunzen. Eine Melodie, die die Nachbarin anstimmte, als sie ihre Schafe aufs Feld brachte. Die Umgebung des Dorfes verwandelte sich. Buntes Laub auf den Bäumen. Die Sonnenhasen verzauberten mit ihrem Glanz den Herbstwald.
Der Vater erzählte Lejra Schauergeschichten von der Glaspuppe, die durchs Dorf wandelt und Kinder erschreckt. Doch Lejra traute sich auch am späten Abend allein durchs Dorf zu spazieren.
Besonders gerne sammelte sie Minze am Fluss.

Das beste am Herbst war für Lejra der erste Schultag, am ersten September. In dieser Zeit wuchsen die prachtvollsten Blumen vor den Häusern des Dorfes. Lejra liebte es, mit ihrer Mutter zum Markt, in die nächstgelegene Stadt zu fahren, um dort eine passende Schulkleidung zu kaufen.
Sie verliebte sich einmal in schwarze Lackschuhe mit Schnür-

senkeln. Dazu trug sie eine weiße Strumpfhose und auf dem Kopf eine blaue Schleife. In der Schule lasen die Kinder das Schulbuch Rodnoe Slovo. Besonders liebte sie das Gedicht über die Heimat: „Fahre fort hinter Meere und Ozeane, fliege über die ganze Erde. Auf der Welt gibt es unterschiedliche Länder, doch ein Land wie das unsrige, kann man nicht finden." (M. Isakovskij)

Neben der Schule, besuchte Lejra im Klub der Kulturen einen Schauspielkurs. Sie und ihre Freundinnen bekamen schwarze Kostüme, eine Fliege um den Hals und einen Stock. Außerdem einen schwarzen Hut. Sie tanzten und sollten dabei Charlie Chaplin darstellen. Im Oktober führten sie den Tanz der Dorfbevölkerung vor.

Bald kam auch der erste Frost. Der Raureif legte sich märchenhaft auf die Zweige der Bäume. Die Straßen waren gefroren und die Kinder fuhren Schlitten. Auch auf den Fenstern malte der Frost kaleidoskopische Muster. Lejra trug einen blauen Fellmantel. Bei ihrer Oma trank sie Tee mit Himbeermarmelade. Und als Väterchen Frost und das Schneemädchen zu Besuch kamen in die Schulaula, war Lejra wirklich glücklich. Sie tanzten gemeinsam um den Baum, der prachtvoll geschmückt war und sangen Winterlieder. Lejra trug ein Schneeflockenkostüm. In ihren Haaren war silbernes Lametta eingeflochten. Andere Kinder trugen Fuchs – und Bärenkostüme. Als Geschenk brachte Väterchen Frost ihnen Mandarinen mit, die eingepackt waren in eine glänzende Folie.

Doch was war vor der Kindheit in Kalinovka? Davor lebte Lejras Familie im Süden Kasachstans.
Das Leben spielte sich in zwei Häusern ab. In dem elterlichen Haus des Vaters und der Mutter.
Die Großmutter mütterlicherseits lebte in einem Mehretagenhaus. Ihr Balkon war mit vielen kleinen Kieselsteinen ge-

schmückt. In der Wohnung stand ein Klavier. Hier wurden auch Lejra von ihrer Großmutter wunderschöne Zöpfe geflochten. Die Kinder spielten vor dem Haus. Sie teilten das Essen, was ihre Eltern ihnen mitgaben. Piroggen, Baursaki und natürlich Kurt. Lejras Cousine Karina ermahnte sie oft. Zum Beispiel als Lejra vor der Tür einen Zaubergegenstand fand. „Du bist doch keine Sharomizhnica, Lejra! Rühr das Ding nicht an." Lejra hörte auf ihre Cousine, die für sie ein Vorbild war. In der Wohnung lebte auch Lejras Tante, die Kunst studierte. Sie machte mit ihren Kommilitonen Ausflüge in die kasachische Steppe zu den Mohnblumen, um diese zu malen. Neben dem Haus befand sich eine Bäckerei, wo sie Fladenbrote kauften.

Das zweite Haus, der Eltern väterlicherseits, war ein Einfamilienhaus ein paar Straßen weiter. Vor dem Haus stand ein großer Maulbeerbaum. Die Großmutter saß oft im Hof des Hauses mit ihren Enkelinnen und las ihnen das Märchen vom König Blaubart vor. Auf dem Baum saßen ein paar Jungs und beobachteten das Geschehen. Im Winter nahm der Großvater Lejra mit zum Schlittenfahren. Sogar abends, wenn bereits der Mond schien. Hier stimmte Lejra Sofia Rataros Lied „Luna Luna, Cvety Cvety" an. Sie liebte es im Hof des Hauses mit ihren Nachbarinnen zu spielen. Dabei aß sie oft ein Knoblauchbrot. Eine Brotkruste, die eingerieben war mit Knoblauch und mit Salz bestreut. Ihre Tante, die Schwester ihres Vaters bewunderte Lejra besonders. In ihrem Zimmer hingen Poster von Madonna und Lieder von Viktor Zoj strömten aus dem Kassettenrekorder, dessen Lichter sich im Kreis drehten. Die Großeltern nahmen Lejra mit zu der Verwandtschaft nach Moskau. Hier wurde Lejra orthodox getauft. In einer kleinen Kirche im Dorf namens Strunino.

Kapitel 9

Heute waren wir in Delhi spazieren, uns verirren, Auswege suchen und finden. Vor dem

Spaziergang schliefen wir kurz und der Schlaf wurde durch das laute Treiben des Marktes, das

durch unsere Fenster drang, unterbrochen. Als wir nach draußen gingen, sahen wir viele Mütter mit ihren Kindern, die uns um Essen und Geld baten. Einige kranke Menschen, die glücklich aussahen.

Kinder, die ihr Revier gut kannten. Wer sind wir – Touristen aus dem Westen für sie? Sie sehen in

uns Prunk, doch viele von uns wollen doch eigentlich etwas ganz anderes hier finden...viele von uns fliehen vor der materiellen Welt Europas, um hier die innere Welt zu sehen. Aber tun wir das

wirklich? Das Wort Ent-Zauberung passt da vielleicht ganz gut. Wir kommen hierher um ein

System kennen zu lernen, das uns verzaubert...und ja, auf den ersten Blick verzaubert es

mich...dieses bunte Treiben, das einfach nach irgendwelchen kosmischen Gesetzen funktioniert und nie aufhört...bisher keine Stille. Mal schauen, was die Nacht bringt. Die Welt ist offen. Alles

geschieht auf den Straßen...hier wird gekocht, gebraten, gekämmt...in den Gassen des Main

Bazars...und die Nachfahren der Kolonialherren werden hier als Mam, Sir angesprochen.

In einigen Gassen dusen Roller, Rikschafahrer und Autos an Fußgängern und Händlern vorbei.

Zwischendurch eine Kuh. Ein kleines Mädchen kauft Kartoffeln. Jemand singt laut. Bunte Blumen, Ringelblumen für die Gottheiten...kleine Altare überall für sie. Stille, wo bist du? Hat man überhaupt Zeit an Gott zu denken? Und doch sehen sie gelassen aus und unbeschwert. Was erwarte ich eigentlich, wenn ich in dieses Land komme? Gerne würde ich auch was geben. Aber die Pepsi für das kleine, schlaue Mädchen mit den bunten Perlen, wird es auch nicht retten...Ich kann nur beobachten. Ich kenne die Menschen nicht. Es ist eine fremde Kultur. Und doch ist sie mir so vertraut. Ihre Gesetze des Chaos, des Zufalls, sind mit meinen Gesetzen verwandt.

***

Rikschafahrer brachten uns an die Orte, die wir sehen wollten. Eindrücke, viele, die zu sortieren
fällt schwer. Wenige Frauen auf den Straßen. Jama Masjid besucht. Dort zog ich meine Schuhe aus und ging umher, betrachtete dieses riesige, große Monument, das Shah Jahan erbauen ließ für Gott.
Old Delhi mit seinem langen Gassenlabyrinth, ich habe mich in dich verliebt, habe mich fallen
gelassen in dich, mich verloren, um mich wieder zu finden, in deinen Schubladen, Tunneln. Wie
Alice im Wunderland. Vor jedem Haus eine Welt, eine Geschichte. Kurz einatmen, die Gerüche
vom frittierten Teig, Öle, Kräuter, und weiterfliegen. Ich war hier schon mal.

***

Hülle dich ein, friedvolle Welt, in das Hunde-bellen und Glockenläuten der kalten Nacht in
Dharamsala. Hier scheint sich das Leben auch mit dem Unheimlichen anzufreunden. Unser blaues Zimmer im tibetischen Haus, dich haben wir ausgesucht, weil von hier aus der Blick auf die ersten Erhebungen des Himalayas uns in Erinnerungen schwelgen lässt, die vielleicht niemals waren.
Ich sehe in den Spiegel im Geschäft und löse mich von der Form. Ich bin ein Chamäleon. Tibet was kannst du uns geben, was können wir dir schenken?

***

Was ist das für ein Austausch, der an der Grenze der Kulturen stattfindet? Wie interpretiere ich ihre Zeichen für mich und was bedeuten sie in meiner Welt. Bin ich etwas verrückt im Sinne, dass ich von der einen in die andere Welt rücke, immer wieder?

Manchmal glaube ich, dass die Leute, zumindest die Händler, sich abgesprochen haben, wie sie mit den Touristen umgehen. Aber das Lächeln vieler Menschen hier scheint aus dem Herzen, trotzdem sehe ich nur die Form. Ihre schönen Gesichter, bunte Kleider, Lachfalten. Diese Form überwinden...ihre Ohren mit den Türkissteckern, ihre Art, Gewicht auf dem Kopf zu balancieren.

Ihre Kultur ist eine andere. Wir sind hier, um etwas zu finden, was in uns ist. Zwischen uns steht der Markt, Business, Erwartungen. Nein, reicher sind wir nicht, nur materiell abgesicherter.

***

Lucia wurde aus dem Krankenhaus entlassen und muss Diät halten. Wir haben viele Bananen gegessen und Papayas ausgelöffelt. Wir haben uns ein wundervolles kleines Zimmer gemietet mit zwei großen Nischen, bunten Fenstern und Details zum Verlieben. Auf den Wänden – in blauviolett, wie aus einer alten Zeit – Bilder von Reitern, Pferden und Elefanten. Heute Morgen bin ich früh aufgewacht und bin in den Yoga-Aschram gegangen. Der Lehrer erzählte, dass man nicht zu viele Informationen in sich aufnehmen sollte. Man ist kein Mülleimer. Unsere Seele ist kein Müll.

Man muss gut zu sich sein. Er sprach darüber, dass wir gutes

Denken fördern müssen, dass wir uns selbst heilen können durch gutes Denken. Wenn ich merke, dass mein Denken in eine falsche

Richtung geht, ist es gut, Kontrolle darüber zu haben. Wir haben vieles aus der Vergangenheit zu

tragen. Warum sollten wir uns noch mehr belasten. Wir können versuchen, uns von unserer Identität zu lösen. Geschichte, Vergangenheit ist Identität, bedeutet Schmerz. Den Schmerz schreiben, ohne Opfer zu sein. Den Schmerz bewältigen, ihn schreiben, sich mitteilen. Er sagte, dass unser Schielen auf andere ungesund sei. Niemand ist so wie ich. Jeder Mensch ist anders.

Vieles hier hat die Form von Elefantenrüsseln, sogar die Stangen, die die Gardinen tragen. Das Tier wird aufgenommen, angebetet. Die heilige Kuh und Ganesha – der Gott mit dem Elefantenrüssel.

Der Mann sagte auch, dass vierzig Prozent unserer Energie auf das Sprechen verschwendet werden.

Dass wir den Geist auf den Schmerz lenken, und diesen dadurch heilen können.

Mama hat mir früher immer vorgelesen aus Büchern, deren Hüllen ich liebte. Die Farbe, den Geruch und das Material. Sie hatte schöne Kleider für mich ausgesucht. Mit einem kleinen Gnom darauf und mit Stickereien. Häuser und Fliegenpilze. Im Hof meines Kindergartens standen große Weiden.

Vielleicht hatte ich in mir noch all die kasachischen Muster. So grau kann die Sowjetunion doch gar nicht gewesen sein. Die Bilder meiner Großeltern sind bunt. Der See Isyk Kul' und Kamele. Auch die Erzählungen, nicht nur Nostalgie. Aber was davor war, darüber wurde nie geredet, nur was danach kommt.

Die Paläste in Udaipur sind für die Augen, für die Sinne ein Rausch. Lucia und ich schlenderten

heute durch die Gänge des City-Palace. Blick auf den Piccolasee und seine zwei Inseln. Die eine

Insel ist komplett vom Lake-Palace eingenommen – ein prachtvolles Gebäude, das heute als Hotel

dient. Auf der zweiten Insel steht ein Palast mit Palmen. Vom Dach unseres Hotels glitzert der See
und die Spiralen der Architektur. Ich kann es nicht fassen, hier zu sein. Und das mit meiner
Schwester. Wenn ich Lucia manchmal anschaue, erinnert sie mich an Oma Lida in ihrer Jugend. Sie ist sehr zart, hat blasse, schöne Haut und einen Blick, in dem ganz viel zu finden ist. Manchmal
meine ich sie sehr gut zu kennen, weil sie meine Schwester ist. Aber ich glaube, dass vieles im
Verborgenen liegt. Wir haben uns früher häufig gestritten und waren doch unzertrennbar. Seitdem
ich in Berlin lebe, das sind nun schon fast fünf Jahre, ist sie erwachsener geworden.

Oma Lida wurde in Dzhiiginka geboren. Schon als Mädchen war sie sehr zart und edel. Ihre Augen
waren blau wie Kornblumen, die Iris hatte sogar die Form. Ihre ältere Schwester Bella war etwas
grober von der Natur, dafür aber auch mutiger und neugieriger. Schwesterchen wo bist du? Wir
haben uns im Rosengarten getrennt, nachdem ich das Rosenöl und das Kokospapier mit den Blüten der Sonnenblumen, bei Babu, dem Mann mit dem Punkt zwischen den Augen, gekauft habe. Wir waren beide müde von den ganzen Souvenirs und du wolltest dir doch auch etwas Schönes kaufen.
Das Kamellederbuch mit Ganesha als Bild. Wir haben uns gefunden. Einfach sein, Gedanken zulassen, rauslassen, ohne zu konstruieren. Wie ein Fluss. Raus aus dem Labyrinth der Sackgassen. Das wichtigste ist, dass es uns gut geht, ohne Angst. Die Frau im schwarzen Schleier mit den Sternen drauf. Winke ihr zu vom anderen Ufer. Bin hier und jetzt. Er sagte, dass an die Zukunft zu denken, uns nicht guttut. Sie ist das Labyrinth. Wir kennen sie nicht. Das was war, darüber können wir denken, aber gut. Lösen wir uns von der Identität. Wo ist die Grenze? Was ist real? Wem kann ich glauben? Du sagst, wir seien

Kühe. Wir seien gut uns sanft wie Kühe. Du gibst mir Energie mit der Hand und sagst, dass nichts Schlechtes in uns ist. Dass wir helfen können mit unserer Energie. Furcht vor dem Ungewissen. Nichts imitieren, nichts nachahmen, sondern sein, wie man ist, wo man ist.

***

Lucia, was hat uns hier her verschlagen in dieses bunte Land? Kamele? Paläste?

Weißt du noch, das Heuhaus in Kalinovka? Da waren wir uns sicher, dass nichts Schlimmes passieren kann und Babushka. Sie hat eine schöne Stimme und trägt viel Liebe in sich. Sie backt leckere Piroggen. Als Kind war sie wie Pippi Langstrumpf. Sie zog das schönste Kleid ihrer Mutter an und ging darin schwimmen und Fische fangen. Sie kämpfte gegen Wölfe mit nur einer Rute und wurde schon als Baby von Zigeunerinnen gehütet. Diese fanden sie in der Steppe. Sie war vom Wagen gefallen.

Die Steppe ist das verbindende Element und die Flucht. Das Rind und der Zug sind die Bewegung

in der Zeit, das Fahrrad auch. Langsam ordnet sich alles zu einem Puzzle. Ich genieße die Stille der Nacht. Die indische Nacht ist die Königin der Stille. Wenn alles schläft, auch das Hupen der Autos.

Unsere Erinnerung ist eine Schatztruhe. Wir können so viel entdecken, wenn wir genau hinschauen.

In der Steppenlandschaft treffen sich die Welten. Hier fängt alles an. Die Steppe ist eine Kreuzung.

In der Nacht fliege ich mit einem Teppich über die Steppe. Über meine Vergangenheit.

Lucia wir haben uns heute kurz verloren und wiedergefunden. Dann haben wir uns in einem

Restaurant auf eine blaue Matratze gesetzt. Und auf einmal wurde alles so unbeschwert und leicht,

so als könnten wir fliegen.

***

Heute scheint die Sonne besonders warm in Udaipur. Es ist unser letzter Tag hier, dann geht es
weiter nach Mumbai. Gestern habe ich das letzte Mal Yoga im Ashram gemacht, Der Lehrer hatte
schöne Lachfalten neben den Augen. Ein kleines Zimmer. Er braucht nicht viel zum Leben, sagt er.
Zu viel Geld macht unglücklich, sagt er. Er trägt Cowboy-Hüte. Mehr braucht er nicht. Cowboy-
Hüte machen ihn glücklich, erzählt er, Cowboy-Hüte jeglicher Art. Kürzlich kam eine neuer aus
schwarzem Wildleder aus Italien mit einem silbernen Glitzer-stern. Dann hat er noch einen grauen
aus Känguru-Leder, aus Australien. Die meisten Hüte sind Ge-schenke seiner Yoga-Schüler.

***

Gestern war ich im Kino Bollywood-Filme schauen. Warum ich mir das ausgesucht habe, ahne ich. Ich
fühle, wie ich einen Teil in mir absterben lassen möchte und Indien ist ein guter Ort dafür. Der Teil ist ein verletzter, wüten-der Teil meines Egos.

Energie existiert. Alles ist Energie. Wir sind Energie. Mumbai ist laut, teuer und höchst
kommerziell. Ich sehne mich nach Udaipur zurück, nach sei-nen Menschen und den Gesprächen mit ihnen. Ich will allein sein. Wir verließen Mumbai, diese mächtige Stadt, in der ich nur dir Bäume liebe. Eine Fahrt auf die Elephant-Island und Shiva in den Höhlen.
Während der Zugfahrt hatten wir Ausblicke auf weite, grüne Felder. Reis und Gemüse, die
zwischendurch von weiten Flüssen unterbrochen wurden, an denen sich Palmen entlang aneinanderreihten und Fischerbo-te anlegten. Ockertöne lösten das Grün der Pflanzenwelt ab.

Schönheiten in leuchtenden Saris, die ihre Kühe vorantrieben. Zwischendurch blaue und rote Häuschen mit Bänken davor. Frauen, die im Schatten der Palmen ihren Männern den Kopf kraulten. Frauen in langen schwarzen Burkas, die die Palmenallee entlang ihren Männern folgten. Auf den Bahnhöfen laute Verkäufer mit frisch gebackenen Teigtaschen und Chai. So saß ich im Zug, den Moment spürend und immer, wenn ich an die Zukunft dachte, ermahnte ich mich. Eine Illusion von mir – habe ich entdeckt.

Wir sind in Erakolum. Was hier vertraut ist – die Landschaft, die Menschen, die Gerüche.

Unbeschwert und an Kalinovka erinnernd. Heute Nacht habe ich von mir geträumt wie ich von Ort zu Ort ziehe und von einer kleinen Freundin, einer Eule begleitet werde. Sie fliegt mir immer hinterher.

Wen es zu hell ist oder bei großen Menschenscharen, versteckt sie sich hinter Gardinen und in

Schränken. Dann träumte ich von einer Fotografie von mir und meiner Mutter. Wir sehen glücklich aus und schön. Wir sehen uns ähnlich.

Ich bin eben zum Arzt gegangen und bin erstaunt darüber, dass das Krankenhaus nichts außer einer Rupie für die Leistung verlangte. Man verschrieb mir Tropfen und ein Antibiotikum – kostenlos.

Langsam lerne ich gutes Denken. Ich bin dankbar für jeden Moment dieses Lebens, das mir

geschenkt wurde. Ich versuche die Blicke der Menschen nicht mehr zu deuten. Meine Gedanken akzeptiere ich, ohne zu konstruieren. Ich musste an Felix' Theorie über die Energiearmee eines

Menschen nachdenken. Und was passiert, wenn man zu viele Einheiten in einer Lebensphase

einsetzt, sodass für später wenig übrigbleibt.

***

Heute waren wir in einer Krishna-Vorführung. Es war laut und bunt. Arjuna, der Held, wurde von

Shiva und seiner Gemahlin von seiner Unwissenheit befreit. Sein Tanz erinnerte mich manchmal an den eines Vogels. Aufwendige Schminke und Kostüme.

Beim Abendessen habe ich mich mit Lucia über Märchenfiguren unterhalten und versuchte sie

auszufragen, mit welcher sie sich identifizierte. Ihr fiel keine ein, aber weder Räubertochter noch

der Wolf passen zu mir. Baba Jaga (russische Hexe) kennt sie nur flüchtig. Ich bin mit der Alten aufgewachsen. Manchmal habe ich mir vorgestellt, wie ich hinten in ihrem Korb sitze und später bei ihr lebe.

Wenn ich nicht schlafen konnte, dann war das oft, weil unsere Wände in dem roten Haus so dünn

waren, und ich immer die Gespräche und manchmal die Schreie der Nachbarn hörte. Sie waren laut, voller Frust und taten mir weh und leid. Ich stellte mir vor, wie ich ihnen gute Geschichten erzähle.

Manchmal überreichte mir die Nachbarin ein festes Stück Grießbrei in die Hand.

Wenn ich in Kalinovka nicht einschlafen konnte, dann wegen Spuk – und Gruselgeschichten.

Kollektiv-saufen im Dorf. Den Rausch erleben und abschalten von der Realität. Wir zogen weg aus

Alkoholstan.. Jedoch war der Umzug kein Karnevalsumzug, bei dem wir als Dalmatiner verkleidet über die Balduinbrücke gehen, sondern ein Bruch mit unserer gewohnten Realität. Eine Flucht. Ein Verlassen der Heimat. Hatten wir das nicht schon einmal? Alles begann doch in der Steppe. Und hört auch auf in der Steppe. Unsere Geschichte ist uns ein Rätsel, irgendwelche Akten. Märchenakten. Die Wahrheit liegt im Verborgenem. Er ist nicht in Magadan erfroren, Oma – dein Opa. Er wurde umgebracht. Aber wir können die Augen nicht mehr öffnen. Der Schmerz wird zu stark sein. Wird uns töten. So wie jede 10-tägige Meditation einen töten wird, die nicht vorbereitet ist. Meine Sprache ist das Einzige, womit ich mich mitteilen kann.

Als ich eines Morgens in Kalinovka aufwachte, schien die Sonne. Ich wollte etwas schlaues machen und übersetzen. Also schnappte ich mir ein Wörterbuch. Ich war acht. Ich freute mich so sehr, den Sinn eines mir fremden, deutschen Textes zu verstehen. Aber verdammt, ich stieß an meine Grenzen und konnte den Text „Summ summ summ, Bienchen summ herum" nicht übersetzen. Ich fühlte mich dumm und entblößt. Setze dich. Setze dir deinen Strohhut auf, den sie aus der usbekischen Hitze mitbrachte. Ich werde

dir eine kleine Margerite geben. Stecke sie dir zwischen die Löcher des Huts und flieg! Von oben

kannst du auf uns hinunterblicken. Der Mond zwischen den Palmen ist derselbe wie der

Kalinovkamond in der Diskothekennacht. Die Grillen singen ähnlich. Manchmal ertappe ich mich

dabei, wie ein Steppenwolf zu traben. Kaum ist es so weit, werde ich behutsam aufgefangen von

kleinen Leuchtwürmchen. Ich bin viele kleine Körnchen. Wir hatten kein Gott, aber ich einen

kleinen Kobold. Und die Nebel – und Poltergeister.

***

Früh am morgen vor Sonnenaufgang aufgewacht. Die ersten Geräusche – das Gebet für Allah aus

den Minaretten, danach das Läuten der Kirchenglocken und als letztes der Gesang aus dem

Hindutempel.

Ganeshas Rikscha hat große Boxen und wir düsen mit ihr bergauf zu lauter fröhlicher Musik. Die

Lieder klingen tausendmal besser als russische Popmusik. Die Luft der Berge ist kühl am Morgen.

Ich habe nur Sandalen an, ein Kleid und einen dünnen Schal, und friere.

Eine gute Kälte. Der Körper verkraftet sie. Ganesha spricht we-

nig. Das freut mich, denn ich bin
gerne versunken in die Landschaft. Das Einzige, was Ganesha
zu mir sagt, ist „beautiful", wenn wir an besonders schönen Orten vorbeifahren.
Ich genieße das Alleinsein sehr. In mir ist viel Frieden. Musiker, Künstler und Schriftsteller haben
die Fähigkeit hinter die uns sichtbare Welt zu blicken, aus diesem Verborgenem Energie zu
schöpfen und sie den Menschen zu geben. Die heilende Kraft der Musik, vor allem der klassischen
indischen, gleitet über meinen Gedankenfluss, vermischt sich mit ihm und spült die verbrauchten
Gedanken in den Ozean. Sie sind ungefährlich, wenn man sie an die Oberfläche holt. Memoiren,
minder wichtig, weil sie nicht mehr sind.
Sind es die bunten Stoffe der Saris oder die lilafarbenen Blüten der Bäume in Munnar. Ist es die
Musik, die Glückshormone auslöst? Alles ist miteinander verflochten, wie ein Zupfkochen aus Mehl und Zucker. Was macht mich glücklich? Die Natur, die Stille, die Musik, Schokolade. Aber das Streben nach Genuss darf nicht mit dem nach Glück verwechselt werden.
Kerala. Ich habe mich entschieden länger auf diesem Stückchen Paradies zu verweilen und das erste Mal seit langem allein zu sein. Es ist mir schon ein bisschen vertraut geworden – die kleine Insel Kochi im Süden Indiens. Mit ihren Palmen. Den Schulmädchen In blauen Uniformen, mit langen schwarzen Zöpfen. Der Meeresbrise, der arabischen. Der feuchten warmen Luft. Der
Prinzessinenstraße mit den vielen bunten Geschäften. Hier kann ich zu mir kommen. Gestern saß
ich im Restaurant des Khader-Hotels und trank einen Minztee. Edel für mich. Aber ich ging dahin,
um zu hören, wie die Tabla und indische Flöte gemeinsam klingen. Für mich fremde Instrumente,
deren Klang mich betrunken machte und redselig.

Kapitel 10

Ich habe meine Heimatstadt vergessen. Dass Erinnerungen sich in Gerüchen, Geräuschen und Farben abspeichern, das konnte ich nicht leugnen. War es ein Fehler, wieder dorthin gegangen zu sein? Dass Erinnerungen wiederbelebt werden können und eine neue Realität annehmen, eine, die weit entfernt davon ist, was meine Kinderaugen sahen, das durfte ich wieder erfahren als ich in diese Stadt zurückkehrte. Sie war zwar heimisch, aber voller Geheimnisse, die zu lüften ich bis heute nicht vermag, weil ich irgendwann beschloss, sie ruhen zu lassen. Oder konnte ich ihnen nur deshalb nicht auf den Grund gehen, weil ich feige war, ganz allein auf mich gestellt diesmal und nicht in der Lage, an die Orte zu gehen, die mir etwas über dieses große Land verraten würden? Ich verbrachte wenig Zeit dort, um es ausgiebig kennen zu lernen, aber Zeit genug, mir mein eigenes Bild zu machen. Dort hat alles begonnen, das war mir klar. Für mich zumindest begann alles an diesem Ort. Eine Zeit lang habe ich meine Herkunft geleugnet, weil sie mir unbedeutend erschien. Was sagt schon der Ort, an dem man geboren wurde, über einen aus? Alles hat damit begonnen, als Elias auf einmal bei uns auftauchte. Ich briet Bratkartoffeln und er stand daneben, erzählte mir von seinen Reisen. „Ich bin einige Monate durch Kasachstan gereist und noch nie habe ich so viel Gastfreundlichkeit erlebt, wie in diesem Land", sagte er begeistert. Und als er erwähnte, dass er bei einer Familie, nicht weit weg vom Aralsee gelebt hatte, für eine Zeit, da kamen die Erinnerungen plötzlich zurück. Wie Schneeflocken fielen sie eine nach der anderen runter und von da an konnte ich nicht mehr diesen Teil meines Lebens einfach so verdrängen und so tun als wäre er nie da gewesen. „Eine Zeit lang habe ich dieses Land einfach durch ein anderes ersetzt, wie es die meisten tun, weil es ihnen einfacher erscheint und sie sich dann nicht mehr rechtfertigen müssen. Klang es dann normaler?", fragte ich Elias. „Es war zumindest weniger exotisch. Russland ist groß, aber die Sowjet-union war noch viel größer, nur wir alle wussten, dass es sie nicht mehr gab, und dass es für eine Kasachstanerin schwer fiel zu sagen, woher sie stammt, und dass sie in Wirklichkeit gar keine Kasachin war, sondern eine Kasachstan-Deutsche, geboren in einem postsowjetischen Land mit einer multikul-turellen Gesellschaft", dachte ich mir still vor mich hin.

Zwischen mir und Kasachstan gab es fast keine Verbindung mehr. Meine Familie ist ausgewandert, da war ich sechs. Ich habe oft meinen Heimatort gewechselt. Wie eine Nomadin zog ich von Ort zu Ort hin und her und kam nirgends an. Zum ersten Mal tauchte die Verbindung auf, als ich anfing mongo-lisch zu studieren. Warum - weiß ich bis heute noch nicht ge-nau, wahrscheinlich suchte ich intuitiv eine Verbindung zu Ka-sachstan und meinte, sie auf irgendeine Art und Weise durch das Lernen von Mongolisch-Vokabeln herstellen zu können. Felix versprach, mir mit dem Fahrrad in die Mongolei zu folgen und mich dort zu besuchen, während ich studierte.

Ich will gar nicht erzählen, was mir alles neu erschien als ich in Deutschland ankam. Ich will mich wieder an das Alte erinnern, das was ich vielleicht vergessen sollte, weil es keine schönen Erinnerungen verhieß. Aber ich löschte fast alles aus meinem Gedächtnis. Deshalb beschloss ich eines Tages nach Kasachs-tan zurückzugehen. Zufällig wurde ein Sprachkurs „Kasachisch für Anfänger" in der Uni angeboten und ich entschied, mitzu-machen. Der Kurs fand in Taraz statt, was mir gelegen kam, um Erinnerungen wieder wach rufen zu können. Felix hatte sich zu dem Zeitpunkt schon von mir getrennt und ich hatte noch viel zu verarbeiten. Die Reise fand gleich im Anschluss nach einer unserer Fahrradtouren statt. Unsere, damit meine ich Fe-lix' und meine und die vieler anderer Mitreisender. Wir lebten von der Straße. Wir schliefen in Wäldern und Parkanlagen oder bei netten Menschen, die uns Obdach gewährten, eine Bande von 20 Verrückten reiste nach Kalinovka. Ich hatte den Flug von Kaliningrad nach Kasachstan bereist gebucht. Die Reise nach Kasachstan war nicht mehr zu verschieben. Veronika begleitete mich zum Flughafen. Sie selbst reiste mit uns mit dem Fahrrad und war mir stets eine treue Begleiterin. Ich lernte sie gleich zu Beginn meines Studiums in Berlin kennen, und durch sie kam ich auch auf die Idee, mongolisch zu studieren. Sie lernte schon eine ganze Weile persisch. Veronika und ich flogen vom selben Flughafen in Kaliningrad ab, sie nach Usbekistan, ich nach Kasachstan.

Ich kam in Kasachstan an, ohne Koffer aber mit Fahrradtaschen. Alma-Ata erwartete mich mit morgendlicher Röte. Ich fuhr zu einer Bekannten meiner Mutter. Dort sollte ich für ein paar Tage unterkommen, bevor es nach Taraz, in die Heimatstadt ging. Ich ging auf dem blauen Bazar spazieren und machte mit der Bekannten und ihrer Tochter einen Ausflug ins größte Kaufhaus der Stadt. Dort standen viele Statuen von Kamelen vor den Schaufenstern mit glamourösen Kleidern. Als ich in Taraz ankam, wurde es schon langsam dunkel und ich wusste noch nicht, wo ich schlafen sollte. Ich traf zwei junge Männer gegenüber von der Haltestelle, und fragte sie nach einer Unterkunft. Die beiden kannten nichts und Jegor, einer der beiden erklärte sich bereit, mich aufzunehmen. Es begann eine spannende Zeit. Ich machte Bekanntschaft mit den beiden und wir verabredeten uns jeden Abend im Café Ciao-Kakao. Ich hatte gerade eine Trennung hinter mir, konnte aber den beiden die Schwere meiner Lage nicht deutlich machen. Alles, was Felix und ich uns gemeinsam aufgebaut haben, war nun weg. Ich konnte nicht mehr in unsere gemeinsame Wohnung zurückkehren, in der wir fast vier Jahre unseres gemeinsamen Lebens verbracht haben. Die lauen Sommerabende auf dem Dach, als Felix Geige spielte und ich das Abendrot beobachtete, das und viel mehr war nun vorbei.

Vor der russischen Eroberung der kasachischen Steppen gliederte sich die kasachische Gesellschaft in Klans und Stämme, die von Sultans regiert wurden, bis sich schließlich drei große Stammesgruppen formten: Die alte Horde, die mittlere Horde und die junge Horde; diese verteilten sich auf dem Territorium des heutigen Kasachstan. Die Gemeinsamkeit der Horden war ihre Sprache (aus linguistischer Sicht gehört das Kasachische zu der Gruppe der ost-türkischen Sprachen), ihre Wirtschaftsweise (nomadisch) und bis zur Periode der Islamisierung Kasachstans im 17. Jahrhundert, die rituelle Praxis (Schamanismus). Mit der Regierungszeit Peter des Großen und Katharina der Zweiten wurden durch die Verlegung von ersten Inlandswegen nach Zentralasien auch die ersten Eroberungsschritte der Russen auf dem Territorium des heutigen Kasachstans gemacht. 1867 wurde das gesamte Gebiet des heutigen Kasachstans dem russischen Imperium einverleibt. Die russische Politik forcierte ein kontrolliertes Verdrängen traditioneller Strukturen.

Die sowjetische Macht etablierte sich in Zentralasien in den frühen zwanziger Jahren des 20. Jahrhunderts. Eine kasachische, autonome Sowjetische Sozialistische Republik entstand. Im März 1921, auf einem Kongress der russischen kommunistischen Partei, wurde der Beschluss gefasst, Regionen, die als unterentwickelt galten, mit eigenen Schulen, Theatern und Clubs auszustatten und in diesen ein eigenes Pressewesen zu entwickeln. In dieser Zeit fand auch die bolschewistische Politik der Indigenisierung/Einwurzelung statt. Die sogenannte Korenizacija der 30er Jahre forcierte die Einbindung nichtrussische Völker in die Sowjetunion. Von den in den jeweiligen Territorien lebenden Russen verlangte sie eine Anpassung an die regionale Kultur.

Als ich nach Kasachstan zurückkehrte, machte ich eine Kräuterwanderung in die Berge. Ich erinnere mich, wie meine Oma und ich gemeinsam Sträuße von bunten Blättern zusammenstellten. Sie zeigte mir auch allerlei Kräuter. Johanniskraut färbte sich zwischen unseren Fingern rot, wenn wir die Blüten verrieben. Aus Huflattichblüten konnte man ein Karamellsirup herstellen und Sauerampfer machte sich gut in der Suppe.

Zum ersten Mal saß ich auf einem Pferd. Dass im Süden des Landes so viele Arten von Wacholder wuchsen, hätte ich nicht gedacht. Ich habe immer wieder von dieser Pflanze und ihren Heilkräften gehört und wollte sie unbedingt eines Tages in freier Natur sehen. Ich musste unbedingt mehr von Kasachstan erfahren, von seinen Schätzen und Geheimnissen. Ich lebte bei einer einheimischen Familie. Die Wohnung war nicht groß aber sauber und hell. Sie befand sich in einem dieser Häuser, die mein Vater mit seiner Firma damals in der Gegend baute. Ich durfte in einem der Kinderzimmer wohnen. Ajgul, meine Gastmutter, wunderte sich, dass ich russisch sprach und noch mehr, als ich ihr erzählte, dass ich in dieser Stadt geboren wurde. Als ich bei meiner Gastfamilie ankam, war gerade das Ende des Fastenmonats und die Tische waren üppig gedeckt. Wir besuchten gemeinsam ihre Freunde. Dort aßen wir Bišparmak mit den Händen, ein traditionelles Gericht, das übersetzt „Fünf Finger" heißt. In meiner Gastfamilie lebten viele Kinder. Ein Stockwerk höher wohnte Ajguls Schwester mit ihrer Familie. Dort lebten insgesamt drei Kinder, die sich jedoch fast immer in Ajguls Wohnung aufhielten.

Der Zerfall unserer kleinen idyllischen Welt bahnte sich langsam an. Als meine Schwester und ich von unseres Indienreise zurückkehrten, war es klar, dass Felix und ich nicht länger zusammenbleiben könnten. Etwas hatte sich seitdem verändert. So als ob in uns während der Indienreise etwas Neues herangereift war, das kein Platz mehr für das Utopische lassen wollte. Ich war mit ihm früher überall hingegangen. Auf jede Antiatomkraftdemo. Und fand es amüsant, ihm dabei zuzuschauen, wenn er das Horn blies. Und ich ging daneben und fühlte mich als Teil der großen Masse und war stolz darauf eine Gruppe zu repräsentieren, die sich für die Umwelt einsetzte. Früher waren mir mein Geburtsort und das Geburtsjahr immer egal gewesen. Doch durch mein Studium schärfte sich mein Sinn für Jahreszahlen, denn Kasachstan und 1986 war eine sehr unvorteilhafte Kombination, wenn man bedenkt, dass die meisten atomaren Experimente in der Sowjetunion auf kasachischer Erde ausgetragen wurden und sich im Jahr 1986 der Unfall in Tschernobyl' ereignet hat.

Meine Heimatstadt heißt heute Taraz, früher hieß sie Džambul, benannt nach einem kasachischen Akyn. Wie alle kasachischen Akyns stand auch der im Jahre 1846 geboren Džambul in der oralen poetischen Tradition seiner Heimat. Der Akyn stammte aus dem Süden Kasachstans (genauer aus dem Siebenstromland) und wurde höchstwahrscheinlich in einer Jurte als Sohn einer nomadischen Familie geboren. Ein niedriger Bildungsgrad und mangelnde Russischkenntnisse waren jedoch kein Hindernis für den Nomaden-Sohn, um die Dombra zu erlernen und nach einem Studium des Gesangs und der Improvisation bei dem bekannten Akyn Sujumbaj, selbst als anerkannter kasachischer Dichter am sogenannten Ajtys (öffentlicher Sängerwettbewerb) teilzunehmen. Der Akyn war also ein Performer, und sein Gedicht war Katalysator für das arbeitende Volk der Kolchosen. Es erreichte Schulkinder in den entlegenen Auls, die mit ihm die kasachische und russische Sprache erlernten. Im Zuge des Alphabetisierungsprogramms wurden die zuvor mündlich rezitierten Gedichte in schriftliche Form überführt.

In der Stadtbibliothek von Taraz fand ich eine Menge Bücher von und über Džambul. Eine Studentin dort kannte sogar seine Gedichte auswendig und trug sie mir stolz vor. Irgendwie erinnerte mich dieser Sänger an unsere Fahrradgruppe, die auch mit ihren Instrumenten durch Stadt und Land zog, ihre Kunststücke performte und die einstudierten Lieder vorsang. Nur, dass in unserer Gruppe der Weltfrieden im Vordergrund stand. In Džambuls Gedicht „Stich pamjat'" (Gedicht Erinnerung) wird der Leser, nachdem er in der ersten Strophe durch einen Blumenstrauß dazu animiert wurde, sich auf den Kampf einzustellen, in der zweiten Strophe zu einer Symbiose mit dem Sprecher verführt, sodass jeglicher Dialog ausgelöscht wird und nur noch das kollektive „Wir" existiert, für das Freiheit nur durch Kampf zu erreichen ist. Das Einzige, worauf sich das Gedächtnis am Ende stützen kann, ist der Sieg gegen den Feind. Der Begriff der Erinnerung, im russischen Pamjat' wird ohne Rückbezug auf biografische oder sinnhafte Elemente von Geschichte verwendet, sondern steht hier in Verbindung mit Floskeln, die Heldenmut und Kampfbereitschaft entwickeln sollen.

Ich bin in Dzambul, der Stadt, die den Namen dieses Akyns trägt, geboren, dann als sich der Zerfall der Sowjetunion bereits anbahnte. In den Läden gab es nur noch wenig zu essen, erzählte mir meine Mutter. Die Leute standen Schlange, um ein paar Laibe Brot zu bekommen. Wir hatten zum Glück unseren eigenen Garten. Meine Mutter wollte unbedingt in der Nähe von ihrer Familie sein, diese war schon längst nach Deutschland ausgewandert. Und weil mein Vater, meine Schwester und ich zur Familie gehörten, durften wir mitreisen. Unser Migrantenstatus unterschied sich jedoch von dem meiner Mutter. Sie galt als Deutsche, weil ihre Vorfahren Deutsche waren, meine Schwester und ich waren Mischlinge, also irgendwas zwischen Deutschen und Kasachstanern. Bevor wir nach Deutschland auswanderten, landeten wir in der Exklave Kalinigrad, besser gesagt in einem kleinen Dorf, zweihundert Kilometer vom ehemaligen Königsberg entfernt. Dort besuchte ich die erste Klasse und lernte schreiben und rechnen gemeinsam mit den anderen Dorfkindern. Warum verließen wir Kasachstan und zogen in diese Peripherie? Meine Mutter meinte, so könnten wir in der Nähe meiner deutschen Großmutter leben. Und das stimmte. Sie besuchte uns nun viel häufiger. Die Eltern meines Vaters und seine Schwester zogen auch hinterher und so waren wir eine Weile lang zusammen.

Kapitel 11

Lejra hat ihr Studium beendet. Wie sollte es weiter gehen? Durch die Trennung von Felix war sie desillusioniert. Doch sie hat einen Traum. Sie plant ein Café zu eröffnen. Und zwar in Kalinovka. Es soll zu einem Treffpunkt werden für die Dorf-bevölkerung. Ein Ort der Diskussionen, der Zusammenkunft. Nach langen Überlegungen fasst sie all ihren Mut zusammen und knüpft Kontakte in der Gegend um das Dorf. Alle be-grüßen ihre Idee. Sie fand ein kleines, schönes Gebäude mit Terrasse und einem kleinen Balkon. Auf dem Dach des Hauses nisteten Störche.

„Hallo schöne, zauberhafte Welt, du eröffnest mir Möglichkei-ten, glaubst an mich, gibst mir Mut für Neues, so als ob ich wiedergeboren sei für eine Vision, die verwirklicht werden will."

Das Haus war verwahrlost und es gab viel zu renovieren. Doch als erstes bringt sie an der Eingangstür das Schild mit dem Namen „Shapokljak" an, benannt nach einer sowjetischen Zei-chentrickfigur.

Das Gerücht um die Eröffnung eines Cafés verbreitete sich blitzschnell in Kalinovka. Auch in seiner Umgebung. Das Gute war, dass fast alle Dorfbewohner an der Verwirklichung teil hatten.

Und so begann eine spannende Zeit. Das Haus stand in der Mitte des Dorfes, gebaut aus rotem Backstein. Gegenüber der Apotheke.

Ein paar freundliche Dorfbewohner halfen mit bei der Reno-vierung. Es wurde gemalt. Und zwar auf die Wände des Cafés. Bilder von Wölfen, diese lebten in jener Gegend. Bereits bei der Renovierung kamen die Menschen ins Gespräch. Die Bäuerinnen freuten sich, ihren Teil zum Café beizutragen und versprachen Lejra, sie mit Milch von den eigenen Kühen zu versorgen.

Überhaupt berieten sich Lejra und die Frauen des Dorfes darüber, was man im Café als Menü anbieten würde.

Lejra hatte es nicht gelernt zu kochen und verließ sich auf ihre neuen Freunde.

Nachdem das Café instandgesetzt wurde, die Wände schimmerten im Licht eines Lampions, in der Mitte des Cafés stand ein Plattenspieler, begann Lejra mit der Einrichtung des Raumes.

Gegenüber vom Eingang stand die Theke. Noch war sie leer, doch bald, dank den Frauen des Dorfes, würde sie sich füllen. Neben der großen Wand stand ein Regal von roter Farbe.

Hier stellte Lejra einige Bücher auf. Und zwar den „Kleinen Prinzen" von Antoine de Saint Exupery. Legenden aus Ostpreußen, „Dschamila" von Dschingis Ajtmatov, Walter Moers' „Die Stadt der träumenden Bücher" und vieles mehr.

Es gab eine kleine Empore. Lejra träumte insgeheim auf dieser Musikanten spielen und Lesungen stattfinden zu lassen. Doch das stand noch in den Sternen. Sie hoffte, dass die Dorfbevölkerung das Café gut annehmen würde.

Noch war das Café leer. Lejra saß an einem der Tische und plante gerade die Speisekarte als es an der Tür klopfte. Sie stand auf und drehte den Schlüssel um. Herein kam Schura, eine ältere Dame mit leuchtend glitzerndem Tuch um die Schultern. „Grüß dich Lejra! Was macht die Planung?", fragte sie etwas scheu.

„Danke, dass du fragst, liebe Schura. Ich plane gerade die Speisekarte. Ob du mir dabei helfen kannst?", antwortete Lejra ebenfalls mit einer Frage.

„Nun, kommt drauf an, ob du warme Speisen anbieten möchtest oder nur was als Snack?"

„Ich würde gerne Speisen aus der Region anbieten. Also Suppen, Teigtaschen, Piroggen und ähnliches."

„Das klingt nach einem Plan. Als Suppe empfehle ich dir

Borschtsch und Sauerampfersuppe. Dann noch Piroggen, Vareniki und Pelmeni. Als Nachspeise Chack Chack und Knusperringe"

„Schura, du bist wundervoll. Das alles klingt einfach zauberhaft. Nun brauche ich Unterstützung von Frauen, die das Kochen beherrschen."

„Das sollte kein Problem sein. Ich empfehle dir einige gute Köchinnen. Da wäre zum Beispiel die Ludmilla, sie wohnt eine Straße weiter und ist bekannt für ihre Piroggen. Pilmeni und Vareniki bereitet Natalija besonders schmackhaft zu. Naja, und die Nachspeisen kann ich kredenzen."

„Super, und die Suppen?"

„Naja, Sauerampfersuppe kann man nur im Sommer anbieten, da das Kraut nicht ganzjährig wächst. Borschtsch macht vor allem die Zaharova ganz wunderbar."

„Okay, danke Schura."

Sie hörten das Klappern der Störche. Dazu die Klänge des Plattenspielers.

Das war auch noch etwas, was sich Lejra überlegen sollte. Welche Musik soll in dem Café ertönen?

Sie setzte sich an einen der Tische und begann eine Liste mit Musikbands anzufertigen, die im Shapokljak erklingen sollten. Die erste Seite nahmen russische Rock – und Punkbands ein. Klassischer, russischer Rock und moderne Interpreten.

Das Café verwandelte sich in einen magischen Ort. Bereits morgens kamen die ersten Dorfbewohner vorbei, um hier zu frühstücken. Sie freuten sich den Tag in einer angenehmen Atmosphäre zu beginnen, bevor sie ihrer Arbeit nachgingen.

Tagsüber schickten Eltern ihre Kinder in das Café. Sie ließen sich nach der Schule hier nieder, tranken Waldmeisterlimonade und aßen Piroggen. Doch auch für die Jugend und die Erwachsenen gab es ein interessantes Programm. Diverse Veranstaltungen. So fand zum Beispiel an einem Abend im Spätsommer eine Lesung mit musikalischer Begleitung statt. Bei dem Buch, aus dem gelesen wurde, handelte es sich um den Roman von Hermann Hesse „Der Steppenwolf". In den Lesepausen wurden Lieder von Vladimir Vysotzki aufgeführt.

Es stellte sich heraus, dass der Protagonist des Romans, H. Haller, sich als Doppelwesen erlebt. Einerseits ist er ein gebildeter Mann, der musisch begabt ist und sich für Dichtung und Philosophie interessiert, der Wolf in ihm ist jemand, der die bürgerliche Gesellschaft hinterfragt, also ein Außenseiter der Gesellschaft.

Das Café war voller Menschen und alle hörten aufmerksam zu, das Sujet war ihnen neu. In der Schule lernten sie die Gedichte von Puschkin und Majakowski. Sich als Steppenwolf wahrzunehmen, kam ihnen nicht in den Sinn. Umso mehr tat ihnen H. Haller wegen seiner gespaltenen Persönlichkeit leid. Die junge Frau, welche den Roman vortrug, hatte zwei lange Zöpfe und leuchtend roten Mund. Es handelte sich um Tamara, die kürzlich die Schule in Kalinovka abgeschlossen hatte und sich auf ihr Literaturstudium freute.

Besonders begeistert war das Publikum über das Vortragen eines Gedichtes aus dem Roman.

Ich Steppenwolf trabe und trabe,
Die Welt liegt voll Schnee,
Vom Birkenbaum flügelt der Rabe,
Aber nirgends ein Hase, nirgends ein Reh!
In die Rehe bin ich so verliebt,
Wenn ich doch eins fände!
Ich nähm's in die Zähne, in die Hände,
Das ist das Schönste, was es gibt.
Ich wäre der Holden so von Herzen gut,
Fräße mich tief in ihre zärtlichen Keulen,
Tränke mich satt an ihrem hellroten Blut,

Um nachher die ganze Nacht einsam zu heulen.
Sogar mit einem Hasen wäre ich zufrieden,
Süß schmeckt sein warmes Fleisch in der Nacht –
Ach, ist denn alles von mir geschieden,
Was das Leben ein bißchen fröhlicher macht?
An meinem Schwanz ist das Haar schon grau,
Auch kann ich nicht mehr ganz deutlich sehen,
Schon vor Jahren starb meine liebe Frau.
Und nun trab ich und träume von Rehen,
Trabe und träume von Hasen,
Höre den Wind in der Winternacht blasen,
Tränke mit Schnee meine brennende Kehle,
Trage dem Teufel zu meine arme Seele.

Das Publikum klatschte und stellte sich ein auf die Musik. Ein junger Bursche, eine Koryphäe auf der Gitarre, sang das Lied „Die Wolfsjagd" von V. Vysotzki. Die meisten kannten das Lied und summten mit. Die Bilder der Wölfe an den Wänden fügten sich gut in die Atmosphäre ein. In den Pausen ging das Publikum vor die Tür und beobachtete den Mond. Von weit her konnte man das Heulen der Wölfe hören. Doch diese näherten sich nur dem Dorf und betraten es nie.

Auch Lejra gesellte sich zu der Gruppe der Gäste nach draußen. Ein Mann namens Anatolij sprach sie an: „Lejra, was sagt eigentlich der Bürgermeister der Kreisstadt zu dem Café?"

„Gute Frage. Ich denke, dass er nichts dagegen hat. Wir sind ja schließlich ein Ministerium der verlorenen Träume."

„Was soll das heißen?", fragte ein weiterer Gast.

„Das bedeutet, wir fangen die Träume auf, die bisher nicht in Erfüllung gingen und lassen sie wahr werden."

„Das klingt gut. Und ehrlich gesagt, scheint es auch gut zu klappen."

Seit das Café eröffnet wurde, verwandelte sich das Dorf und seine Umgebung in einen fantasievollen Raum. Jeder trug etwas zur Unterhaltung und Verköstigung bei. Im Frühling wurde aus dem im Wald gepflückten Waldmeister eine Bowle kredenzt.

Im Sommer sammelte man Kräuter, aus denen ein wundervoller Tee gezaubert wurde. Im Herbst brachte man Beeren und Pilze in das Café. Außerdem Rhabarber und Bärlauch.

Die Menükarte variierte mit den Jahreszeiten. Besonders beliebt war die im Winter angeboten Vitaminbombe. Ein Heißgetränk aus Minze, Ingwer, Apfelsinen und Honig.

Doch besonders freuten sich das Dorf über die vielfältigen Veranstaltungen im Café Shapokljak.

An der Tür hing ein Plan, auf dem die bevorstehenden Workshops aufgeführt waren.

Als nächstes wurde im Shapokljak ein Filzkurs angeboten. Und zwar wurde aus ultramarinblauen Filz Schmuck hergestellt. Dies hatte einen Grund, denn das Café diente nun auch als Kunstgalerie, in der die Werke unzähliger Künstler vorgestellt wurden. Natürlich waren es nicht die Originale, die auf den Wänden des Cafés hingen, jedoch riesige Fotografien. Diesmal von Bildern von Yves Klein.

Seine monochrom blauen Gemälde luden ein, um sich darin zu vertiefen. Sie erinnerten an die Seenlandschaft Kalinovkas. Und als I-Tüpfelchen der Kurs im Schmuck Herstellen.

Es entstanden Perlenketten, Ohrringe und Armbändchen.

Ein weiterer Workshop widmete sich den Spuren und Legenden Ostpreußens. Man besuchte Orte im Dorf und der Umgebung, die damals entstanden, als das Dorf noch zu Deutschland gehörte. Viele, vor allem die älteren Bewohner, erinnerten sich daran, wie sie nach dem Krieg in Kalinovka angesiedelt wurden. Sie erinnerten sich an ihre Heimat.

Die Schuldirektorin des Dorfes besaß mehrere Bücher über die Umgebung von Kalinovka. Sie nahm diese mit auf die Wanderung und las den Wanderern bei Picknick daraus vor. Ein Buch enthielt Fotografien aus jener Zeit. Was die heutige Dorfbevölkerung mit der damaligen verband, war die Flucht.

Lejra war einfach nur glücklich. Über das Café und die Möglichkeit bei ihrer Großmutter zu leben. Diese erzählte ihr weiter Geschichten, welche Lejra in ihren Notizblock eintrug. Sie wollte einen Roman schreiben und sammelte Informationen. Vieles hat sie bereits aufgeschrieben. Doch sie ließ sich gerne weiter inspirieren. Ihre Großmutter pflückte aus ihrem Garten Blumen für das Café. Manchmal hatte sie Ideen, welche Liederabende stattfinden sollten. Russische traditionelle Musik für die ältere Dorfbevölkerung. An solchen Abenden trank man Kompott, aß Zuckerringe und summte zu der Musik aus dem Plattenspieler mit.

Auch die Stadtbevölkerung besuchte oft das Café im Dorf, um die friedliche Atmosphäre zu genießen. Am liebsten saßen die Städter am Fenster, das die Sicht auf ein fliederfarbenes Haus und einen großen Kastanienbaum bot.

Die Städter waren es auch, die den Musikern in der Stadt von dem Café Shapokljak berichteten.

Nun wurde es wirklich zu einem Ort der Begegnung von Städtern und Landbevölkerung.

Es entstanden philosophische Gespräche. Manche Städter erzählten davon, dass sie ohne Geld nicht glücklich wären. Sie bräuchten das Geld, um Dinge zu kaufen. Und um diese irgendwann wegzuwerfen, wenn Platz für neue Dinge geschaffen werden sollte. Doch es gab auch andere Perspektiven. Das Geld, welches sie verdienten, investierten sie in Reisen in ferne Welten.

Die Dorfbevölkerung war zufrieden mit dem kleinen Angebot im Dorfladen. Sie brauchten nicht viel zum Leben, sagten sie. Besonders freuten sie sich, wenn in dem kleinen Laden an der Kreuzung das monatliche Buch erschien. Manche der Dorfmenschen hatten bereits eine kleine Bibliothek bei sich zuhause angelegt, mit Werken von Akunin, Sorokin, Kior Janev und solchen Autoren wie Tatjna Tolstaja. Manch ein Städter brachte Bücher mit, die Lejra in das Regal im Shapokljak stellte.

Auch Hermann Hesses „Steppenwolf" gesellte sich dazu, natürlich in russischer Übersetzung.

Lejra hat sich ihren Traum erfüllt. Das Café wurde zu ihrer Bestimmung. „Danke, friedliche Welt für die Möglichkeit, deinem Sinn zu folgen. Danke, dass ich die Grenzen überwunden habe durch Glauben und Zuversicht. Lass mich weiter an deiner Fülle teilhaben, weiter wachsen und fröhlich, freundlich, dankbar dir begegnen."